KB197201

지워진
사람들

지워진
사람들

1판 1쇄 2025년 1월 1일

글 염연화

펴낸이 모계영 **펴낸곳** 가치창조 **출판등록** 제406-2012-000041호
주소 경기도 고양시 일산동구 중앙로1347, 228호(장항동, 쌍용플래티넘)
전화 070-7733-3227 **팩스** 031-916-2375 **이메일** shwimbook@hanmail.net

ISBN 978-89-6301-400-5 03810

ⓒ 염연화 2025

★ 이 책은 광주광역시 · 광주문화재단의 지역문화예술육성지원 사업으로 지원 받아 발간되었습니다.

※ 이 책의 내용과 그림은 무단 복제하여 사용할 수 없습니다.
※ 잘못된 책은 구입하신 서점에서 바꿔 드립니다.

**문학
세상**은 가치창조 출판그룹의 문학 전문 브랜드입니다.

지워진
사람들

염연화 장편소설

문학
세상

차
례

◇◇◇

혼불

◇◇◇

보성만의 잔물결 위로 팔월의 말간 햇빛이 쏟아졌다. 수천, 수만 조각으로 부서진 햇살은 소금꽃처럼 쉼 없이 반짝였다. 짭조름한 바람이 간을 치듯 종쟁이들녘을 고루 쓰다듬었다. 막 패기 시작한 벼 이삭들이 부드럽게 몸을 뒤척였다.

종쟁이들녘에는 사람들이 한 명도 보이지 않았다. 너나없이 초상집에 일손을 보태고 있는 까닭이었다. 들판의 고즈넉한 풍경을 바라보며 송애는 죽음에 대해 생각했다. 죽음을 생각하며 천천히 숨을 들이켰다 내쉬었다. 흐읍, 후우. 이승에서의 마지막 숨은 날숨이라 했다. 내쉰 숨을 다시 들이켜지 못하면 죽음의 문턱을 넘는 것이다. 흐읍. 망자에게 멈춰 버린 시간은 살아 있는 자들의 들숨으로 흘러가고 있는 것이다.

도강마을 스승님 댁에서 구전심수를 마치고 돌아오던 길에 웬 불덩이를 본 건 닷새 전이었다. 마을 뒤로 훌렁 솟아오른 불덩이는 공중에서 너울너울 춤을 추더니 그대로 떨어졌다. 혼불! 말로만 들었던 혼불이라는 생각이 드는 순간 죽산 할머니가 떠올랐다. 잠시 여름 고뿔에 걸린 것일 뿐인데 어쩌자고 불길한 생각이 스치는지 알 수 없었다.

헛것을 본 것이러니 고개를 저었다. 하지만 시간이 갈수록 불덩이는 머릿속에 선명하게 되살아났다. 그리고 그것이 진짜 혼불이었다는 걸 증명하기라도 하듯 마을에 초상이 났다. 이틀 전 이른 아침, 죽은 이의 혼을 부르는 소리가 골목길에 울려 퍼진 것이다.

하동 정씨, 복!

마루에 서면 훤히 올려다보이는 용실의 집이었다. 누군가 지붕 위에서 흰 적삼을 왼손에 들고 흔들며 땅을 내려다보더니 다시 하늘을 쳐다보았다. 용실의 할아버지가 돌아가셨을 때도 세 번 울려 퍼졌던 고복 의식이었다.

죽산 할머니 성씨가 정씨였구나. 자기 몸을 떠난 혼이 저 소리를 들을까. 망자의 혼은 지금 어디쯤 가고 있을까. 내가 그때 혼불을 보지 않았더라면, 죽산 할머니를 떠올리지 않았더라면……

나 죽으면 송애가 재미난 소리 한 대목 해 주련? 언젠가 죽산할머니가 장난처럼 했던 말이 떠올랐다. 할 수만 있다면 할머니 마지막 가시는 길에 재미난 수궁가를 불러 드리고 싶었다. 하지만 수궁가는 한 대목도 잘 부를 자신이 없었다.

흐읍. 송애는 산 자의 들숨을 다시 크게 들이켰다.

이 산 저 산 꽃이 피니 분명코 봄이로구나

봄은 찾아왔건만은 세상사 쓸쓸허드라

나도 어제 청춘일러니 오날 백발 한심허구나

내 청춘도 날 버리고 속절없이 가 버렸으니

왔다 갈 줄 아는 봄을 반겨헌들 쓸 데 있나

사철가를 부르다 말고 얼른 입술을 오므렸다. 스승님이 상갓집으로 바로 가지 않고 논두렁길을 건너오고 있었다. 송애는 모로 서서 다소곳이 허리를 숙였다.

"니 상심이 무척이나 크겠구나."

스승님이 어찌 내 마음을 알고 계시는가. 대나무처럼 꼿꼿하면서도 종쟁이들녘같이 너른 품을 가진 큰어른. 감히 그분을 마음으로 의지하고 있었다. 그런 자신의 마음을 혹여 들킬세라 용실에게조차 조심하고 또 조심했던 것이다.

"인자 그만 초상집으로 올라가자."

앞서 걷는 스승님의 발걸음이 어쩐지 힘이 없어 보였다. 판소리를 아끼고 좋아했던 분을 보내 드려야 하는 스승님의 마음도 송애와 별다르지 않은 것이었다.

해마다 백중이 돌아오면 죽산 할머니는 음식과 술을 내놓아 마을 사람들이 배불리 먹고 쉬도록 했다. 생전에 그랬던 것처럼, 자신의 장례를 치르는 동안 음식을 더 많이 내놓으라는 말을 남겼다고 했다. 그 성품을 아는 사람들이 초상집 담 너머 골목에까지 꽉 들어차 있었다.

"둘째 아들은 안 보이는구먼."

"어머니 가슴에 대못만 박었는디 무슨 낯짝으로 오겠는가?"

"딸을 맡겨만 놓고 보고 싶지도 않으까?"

사람들이 혀를 차며 비난하는 사람은 용실의 아버지 강봉석이었다. 강봉석은 일본 유학까지 다녀온 악명 높은 경찰이었다. 해방 후 친일 집안에 대한 보복이 일어났을 때 그가 화를 피할 수 있었던 건 다 제 어머니 덕분이라고 사람들은 입을 모았다.

밝고 씩씩한 얼굴에 숨겨진 용실의 그늘을 송애는 잘 알았다. 제 할머니의 사랑이 조금이라도 친구에게 향할라치면 시샘하며 토라지는 것도 모르지 않았다. 죽산 할머니의 넘치는 사랑도 용실에겐 부족한 것이었다. 용실은 그만큼 부모의 정이 그리운 아이였다. 그러니 할머니 장례에도 오지 않는 제 아버지에 대한 원망이 얼마나 클 것인가. 그 마음을 짐작하기에 송애는 섣불리 용실을 위로할 수도, 큰 기둥을 잃은 것 같은 자신의 마음도 내비칠 수 없었다.

"여장부 같던 어른을 처음 뵌 것이 엊그제 같은디……."

"세월 앞에 장사 있남? 마냥 청춘일 줄 알았든 우리를 이렇게

늦게 만든 세월 아니여."

여름 해마냥 더디 가는 시간이 어른들에게는 쏜 화살처럼 느껴지는 것일까. 그렇다 해도 송애는 얼른 어른이 되고만 싶었다. 득음의 경지에 올라 판소리 다섯 바탕을 거뜬히 완창해 내는 소리꾼, 목소리 하나로 사람들을 웃고 울리는 진정한 소리꾼이 되고 싶었다.

"아이고오. 아이고오."

담장 안에서 여인들의 낮은 곡소리가 흘러나왔다. 송애는 스승님 뒤를 따라 너른 마당으로 들어섰다. 광목 차양을 드리운 마당 가운데 흰 상여가 놓여 있었다. 꾸미지 않은 소박한 상여가 죽산 할머니의 생전 모습 같아 코끝이 매웠다.

곡을 하는 어른들 사이에 용실과 용미 언니가 보였다. 상복을 입고 짚신을 신은 모습이 낯설었다. 장난기 많은 용실의 모습은 온데간데없었다.

발인제가 시작되었다. 상주인 용실의 큰아버지가 향을 꽂고 절을 올렸다. 잔을 올리고 절하고, 빈 잔에 술을 따르고 다시 절하는 동안에도 곡소리는 이어졌다.

스승님이 축문을 읽은 뒤 심청가 중 곽씨 부인 상여 나가는 대목을 시작했다. 어느 누가 스승님의 상엿소리를 대신할 수 있을까. 송애는 지그시 눈을 감고 귀를 열었다.

영이~기가~ 왕즉~유택~ 재진~견례~ 영결종천!
관음~~~보~~~살~
춘초는 연년히 푸르건만 왕손~도 귀불~리라~
관음~~보~~살

송애의 마음을 사로잡은 건 춘향가 중 사랑가나 홍보가, 박타령같이 즐겁고 재미난 판소리가 아니라 바로 스승님의 이 상엿소리였다. 세상만사 희로애락을 다 겪고 난 사람처럼 어째서 구슬픈 소리에 마음이 더 가는지 모를 일이었다.

요령은 땡그랑~ 땡그랑~ 땡그랑~
어~허 넘~차 너화넘
어~너 허어 너~엄 어이가리 넘~차 너화~넘

북상산천이 멀~다더니 저 건~너 안산이 북망이로구나~

허~ 넘~차 너화넘

홍어처럼 곰삭고 곰삭은 소리. 피를 얼마나 토해 내야 이런 소리를 낼 수 있는 걸까. 또르르, 눈물이 떨어지는 순간 용실과 눈이 마주쳤다. 송애는 멋쩍어 얼른 고개를 숙였다.

여보소 친구네들 세상사가 허망허네

자네가 죽어도 이 길이요 내가 죽어도~ 이 팔~자로다~

어 넘차 너화너~

"뭔 소리가 저리 절절할꼬."

"죽산 어른이 저 냥반 소리를 좋아했을 만도 하시."

가만히 듣고 있던 사람들 목소리도 젖어 들었다.

땡그랑. 땡그랑. 앞소리꾼을 자처한 스승님이 요령을 흔들며 앞소리를 메겼다. 그 소리를 받으며 상두꾼들이 발을 움직이기 시작했다. 상두꾼들의 발장단에 맞춰 상여가 흔들흔들 마당을

15

돌아 대문을 나섰다. 그 뒤를 만장과 공포를 든 아이들이 따라 나가고 상주와 가족들도 대문을 빠져나갔다.

"어~ 넘차 너화 넘."

송애는 홀리듯 뒷소리를 따라 매기며 느릿느릿 상여 행렬을 뒤따랐다.

*

"어허! 빨리 따라 하지 않고 무슨 생각을 하고 있는고?"

방 안에서 소리 선생의 벼락같은 호통이 새어 나왔다. 아까부터 목소리에 노기가 서려 있었다. 밖에서 듣고 있던 강수는 애가 바짝바짝 탔다. 오늘따라 송애 목소리에 힘이 느껴지지 않았다.

"바다에서 나고 자라 토끼 얼굴을 모르오니 그 생김새나 자세히……."

딱딱! 거친 북채 소리와 함께 송애의 소리가 뚝 끊어졌다.

"아니리가 아무리 장단 없이 하는 소리라고 그리 힘없이 하면 되겠느냐!"

16

소리 선생의 호통이 이어졌다. 지청구가 자기한테 떨어지기라도 한 듯 강수는 어깨를 움츠렸다.

"다음은 중중모리 장단잉께 잘 듣고 따라 하거라. 용왕이 옳다 허고 토끼 화상을 그리는디."

　화공을 불러라 화공을 불러라
　토끼 화상을 그린다
　동정유리청홍연
　금수추파 거북연적 오징어로 먹 갈아

거침없는 목소리에 강수의 어깨가 금세 들썩였다. 부자들이 이 맛에 소리를 듣는가 싶었다.

"화공을 불러라. 화공을 불러라. 토끼 화상을……."

딱딱딱!

"시방 판소리를 하는 것이냐, 유행가를 부르는 것이냐!"

'오메, 귀청 나가겠네.'

잇따른 큰소리에 강수는 얼굴을 찡그렸다. 이곳에서 잔심부름

하며 소리꾼들의 소리를 귀동냥으로 들어 온 지 어느새 두 해였다. 소리를 배운다고 누구나 명창이 될 수 있는 게 아닌 것처럼, 소리꾼 집에서 산다고 절로 귀명창이 되는 건 아니었다. 그렇지만 오늘은 강수가 듣기에도 송애의 소리가 여느 날과 달랐다.

"그래, 그 사람들한테 환장하는 사람들을 본께 여기서 배우는 것이 하찮게 여겨지드냐?"

소리 선생의 목소리가 조금 누그러졌다. 강수는 귀를 쫑긋 세웠다. 송애의 주눅 든 목소리가 새어 나왔다. 강수는 방문 쪽으로 귀를 더 바짝 댔다.

"네 이놈! 생쥐같이 밖에서 뭘 엿듣고 있는 게야?"

괜한 불똥을 맞은 강수는 마당으로 훌쩍 뛰어내렸다. 그러고는 히죽 웃으며 "나는 생쥐가 아니라 토끼요." 하고 수궁가 한 대목을 흉내 냈다.

강수를 이곳으로 데려온 사람은 학산 윤윤기 선생이었다. 새아버지는 어머니가 굿을 해 받은 돈을 모조리 빼앗아 노름판 판돈으로 날려 버리곤 했다. 돈을 잃고 와서 하는 일이라곤 술에 취해 살림을 깨부수며 어머니에게 분풀이하는 것이었다.

그날도 새아버지는 노름판에서 술을 마시고 돌아와 살림을 때려 부쉈다. 보다 못한 강수는 그의 팔을 막고 서서 무섭게 노려봤다. 더는 봐주지 않겠다는 경고였다. 술기운이 오른 새아버지는 어느새 건장해진 강수의 힘을 이길 수 없었다. 바짝 약이 오른 새아버지는 어디선가 낫을 한 자루 구해와 마구 휘둘렀다. 마음 같아선 낫자루를 빼앗아 노름에 빠진 새아버지의 손목을 내려찍고 싶었다. 하지만 강수는 어머니를 생각해 억지로 마음을 누른 뒤 마을 쪽으로 몸을 피했다. 절대 두려워서 도망치는 것이 아니었다. 그런데 새아버지는 강수를 끝까지 쫓아왔다.

"대체 이게 무슨 일이오?"

익숙한 목소리에 돌아보니 학산 선생님이었다. 마을에 토사곽란을 일으킨 사람이 있어서 살피고 오는 길이라고 했다. 상황을 알게 된 학산은 새아버지를 제압한 뒤 경찰에 넘기겠노라 으름장을 놓았다. 새아버지는 그제야 정신이 번쩍 들었는지 다시는 안 그러겠다며 싹싹 빌었다. 양정원을 떠나더라도 절대 공부를 놓지 말라고 학생들에게 당부했던 학산 선생님을 그렇게 다시 만나니 부끄러웠다.

강수가 기초 과정을 겨우 마쳤을 때 회천 서국민학교가 개교하게 되면서 양정원은 폐교가 되었다. 형편이 되는 집 아이들은 새로운 학교에서 공부를 이어 갔지만 월사금조차 내기 어려운 아이들은 중도에 공부를 포기할 수밖에 없었다.

다행히 강수는 어머니 덕분에 회천 서국민학교에 다니게 되었다. 하지만 채 석 달도 되지 않아서 학교를 그만두고 말았다. 무당의 아들을 무시하는 아이들을 얌전히 참아 내지 못한 성정 때문이었다. 더 참기 힘든 것은 몇몇 교사들마저도 아이들과 별반 다르지 않다는 점이었다.

강수가 학교를 그만두었다는 것을 알게 된 학산은 자신을 따라가겠느냐고 물었다.

"신령님의 뜻이다. 가거라."

어머니에게 모든 인연은 신령님의 뜻이었다. 새아버지와의 악연도, 학산 선생님을 다시 만나게 된 것도 다 신령님의 뜻이었다. 강수는 어머니가 자신을 보내는 것이 아들을 박수무당으로 만들고 싶지 않은 어머니의 마음이라고 생각했다.

"너는 경찰이 되고 싶다고 하지 않았더냐?"

강수를 소리 선생 집으로 데려온 학산이 물었다. 강수는 깜짝 놀랐다. 무당의 아들이라는 것 말고는 눈에 띌 만한 게 없었던 강수였다. 양정원을 성실히 다닌 것도 아니고, 딱히 공부를 잘하지도 않았던 자신을 기억하고 있다는 게 놀라울 따름이었다.

시대가 변하고 해방이 되었어도 바뀌지 않는 것들이 있었다. 양반이 사라지고 노비도 해방되었지만, 무당은 여전히 세상의 바닥에 있는 존재였다. 신을 모신다는 이유로 두려운 존재인 동시에 멸시의 대상이기도 한 것이 바로 무당이었다.

"노력도 하지 않고 막연히 품고만 있는 게 꿈은 아닌 것이다."

"선생님 아니었으믄 여즉 제 이름도 못 쓰는 까막눈이었을랑가도 모르는디, 그것을 면한 것만도 감지덕지여라."

닭이 스무하룻날 동안 정성껏 알을 굴리고 굴려야 새끼를 볼 수 있는 것처럼, 꿈도 그래야 한다는 것을 강수도 모르는 바 아니었다. 어머니를 따라 이리저리 떠돌다 이곳 회천에 정착한 뒤 양정원에 입학했을 때가 열두 살이었다. 또래보다 늦은 나이라 동급생들과도 잘 어울리지 못하고 겉돌 수밖에 없었다. 그런 강수가 꿈이라는 것을 품게 된 것은 학생들을 차별하지 않고 대하는 학산 덕분이었다.

"왜 경찰이 되고 싶었던 게냐?"

강수는 곰곰 생각해 보았다. 어머니를 괴롭히는 새아버지 손목을 잘라 버리고, 자기를 무시하는 사람들을 모두 잡아다 혼내 주고 싶었다. 경멸하고 조롱했던 존재 앞에서 꼼짝 못 하는 사람들 모습을 보고 싶었다. 사람들이 두려워하는 힘을 갖고 싶었다. 강수가 아는 경찰은 바로 그런 힘을 가진 존재였다.

"경찰은 누구를 협박하고 죽이는 사람이 아니라 힘없는 자를 위해 일하는 사람이다. 마음에 독을 품고 글을 배우면 그 독은 자신을 해치게 된다는 걸 알아야 한다."

강수는 깜짝 놀랐다. 선생님은 자신의 속까지 훤히 들여다보고 있는 것이었다.

그동안 강수를 버티게 해 주었던 것은 독기였다. 가슴안에서 큰 파도가 일렁이면서 속이 울렁거렸다. 힘없는 자를 위해 일하는 사람. 그 말이 징 소리가 되어 가슴을 울렸다.

"어뜨케 하믄 경찰이 될 수 있답니까요?"

"이놈아, 열심히 공부를 하믄 되는 것이다. 널 가르칠라고 학산 선생님이 데려온 것 아니냐."

옆에서 듣고 있던 소리 선생이 강수 머리에 꿀밤을 놓았다. 강수는 대번에 두 눈을 부라렸다.

"오메, 소리꾼이라고 내 머리를 북으로 아는 갑소!"

"이놈아, 너는 급하고 고약헌 그 성질머리부터 고치는 법을 먼저 배와야 쓰겄다. 그 성질로 어찌 공부를 진득허니 할 것이며, 판임관 시험은 어찌 통과할 것이냐?"

학산 선생님께 배워 판임관 시험을 통과한 사람이 여럿이라고 했다. 불퉁대던 강수의 낯빛이 조금씩 환해졌다. 어둡기만 했던 자신의 앞길에 한 줄기 빛이 비치는 것 같았다.

그날부터 강수는 소리 선생 집에서 살게 되었다. 낮에는 이런 저런 잔일을 하고 밤에는 학산을 찾아가 공부를 이어 갔다. 새아버지와 부딪히지 않으니 불뚝거리던 성질도 차츰 낫낫해졌다.

경찰이 될 수 있다는 꿈을 새로이 품으니 가슴이 뛰었다. 그런데 강수 가슴을 더 뛰게 만드는 이가 있었다. 바로 소리를 배우러 오는 송애였다.

*

    구전심수 소리가 멈추고 한참 만에 송애가 나왔다. 강수는 몇 걸음 떨어져 송애를 따라나섰다. 오늘도 집까지 데려다줄 참이었다.

    "니가 지청구를 다 듣고, 뭔 일이라도 있냐?"

    "그저께 용실이랑 여성 국극단 공연을 보러 갔는디 거그서 스승님을 딱 만나부렀어".

    "그랬는디?"

    그게 무슨 큰일이냐 싶어 강수는 고개를 갸웃했다.

    "내가 잠시 국극에 홀린 것을 스승님이 알아채신 것이제."

    읍내에서 중학교를 다니는 용실이 국극 공연 소식을 놓쳤을 리 없었다. 그래서 단짝 송애를 데리고 읍내에 나가 함께 본 모양이었다. 강수도 개구멍으로 몰래 들어가 국극을 훔쳐본 적이 있었다. 한 사람이 혼자 풀어내는 판소리와 달리 국극은 배우들이 역할을 나눠 소리와 연기를 했다. 여러 배우들이 뽐내는 각기 다른 음색과 연기를 감상하고 있자니 마치 판소리의 진수성찬을

맛보는 것 같았다.

국극단 중에서도 여성 소리꾼들로만 이루어진 여성 국극단은 엄청난 인기를 누리고 있었다. 배우들은 화려한 옷과 분장으로 시선을 끌고 애절한 창과 춤으로 관객의 마음을 사로잡았다. 그 중에서도 특히 남자 역할을 주로 하는 임춘앵은 여자들이 졸졸 따라다닐 정도로 인기가 많았다.

"너도 난중에 국극단 들어가서 돈 많이 벌믄 좋제."

"아니여. 나는 참말로 판소리가 좋아. 국극은 토막 소리 라……."

"목도 만들어지기 전에 그런 것에 홀리믄 진짜 소리를 못 허는 것이다, 하고 지청구를 하셨겠지."

강수는 고지식한 소리 선생님을 떠올리며 웃었다.

'돈과 인기에 연연하면 참다운 소리를 해치는 법이다. 자고로 만고풍상을 겪어 봐야 겨우 이루어지는 것이니라.' 송애보다 먼 저 소리를 시작했다는 순태 형에게도 입이 닳도록 강조하는 말 이었다. 그렇지만 강수 생각은 조금 달랐다. 국극이라는 것이 생 겨나고 인기를 얻는 이유가 무엇 때문이겠는가? 강물이 흘러가다 막히면 굽이 돌아 새 물길을 내며 흐르는 것처럼, 국극도 새로운 물길이 아닐까. 그러니 판소리면 어떻고 국극이면 어떤가.

"나는 그런 스승님이 좋아. 스승님 같은 진짜 소리꾼이 된다믄 부러울 것이 하나도 없겠어."

소리 선생님을 언제나 스승님이라고 깍듯이 부르는 송애다운 말이었다.

소리 선생은 과거에 임금님도 알아줬다는 소리꾼이라고 했다. 하지만 이제 세상은 변했고 사람들은 판소리보다는 유행가나 임춘앵을 더 좋아했다. 임춘앵이 가는 곳마다 사람들이 끓었고 돈이 모였다. 송애도 그것을 모르지 않을 텐데 스승의 꾸중을 달게 들은 것이다.

강수는 송애가 정말로 국극에 한눈을 판 것도 아니고 홀린 것도 아니란 걸 알 수 있었다. 제 꿈을 향해 누구보다 묵묵히 앞만 보며 걸어가는 송애가 존경스러웠다.

"공부는 잘돼 가제? 학산 선생님은 여전히 바쁘시고?"

속내를 말한 게 쑥스러웠는지 송애가 화제를 돌렸다.

요즘 학산은 보성중학교 개축하는 일로 정신이 없었다. 대통령한테 진정서를 보내랴, 사람들을 만나고 다니랴 몸이 열 개라도 모자랄 판이었다.

"잉, 공부야 늘 어렵제 뭐. 아무튼 보성중학교 일은 학산 선생님이 진정서를 보내 봤자여, 대통령은 깜깜무소식이라."

"그만큼 학생들을 생각하는 마음이 크신 것이제."

송애는 선생님의 마음을 알겠다는 듯 고개를 끄덕였다.

홍수로 무너졌던 보성중학교 개축 공사 계획은 작년 여순 반란 사건이 터지자 틀어져 버렸다. 보성이 반란 지역으로 선포된 뒤 지역 유지들이 몸을 피해 광주나 서울 같은 곳으로 이사를 가 버려 자금 조달이 어려워진 것이다. 그런 까닭에 학산은 필요한 자금을 끌어모으려고 날마다 동분서주했다. 강수도 그 일로 요 며칠 심부름을 여러 번 했다. 학산 선생님을 돕는 일이라면 공부보다 좋았다. 열심히 배우겠다고 마음먹었지만, 밤에 하는 공부는 쉽지 않았다.

"좁은 보성 땅에서 계신 것이 아까운 분이제. 나라의 큰일을 맡아 하실 분인디……."

"맞어. 누구라도 그리 생각할 것이여."

강수는 학산을 다시 만난 이후로 그동안 잘 몰랐던 학산 선생님에 대해 많이 알게 되었다. 해방 전까지 중국을 오가며 독립운동가를 만나고 다녔던 학산은 해방 후 미국과 소련이 점령하게 된 상황에서 하루라도 빨리 통일된 국가를 세우는 것이 중요하다고 생각했다. 그러기 위해서는 좌우를 아우를 수 있는 지도자가 정국을 이끌어야 한다고 믿었고, 그에 합당한 사람이 몽양 여운형이라고 믿었다. 학산은 몽양에게 힘을 실어 주면서 정치적 동지가 되었다. 하지만 몽양이 갑자기 암살당하게 되자 한동안 낙심해 어떤 세력에도 몸담지 않은 채 중간자의 길을 걷고 있었다. 그런 학산을 믿고 따르는 이들이 국회 의원 선거에 출마하기를 권유했다. 하지만 학산은 작년, 남한만의 총선거가 결정되자 민족 분단을 막아야 한다는 의지로 총선거에 반대하며 출마를 거부한 것이었다.

　"나도 진즉에 공부를 열심히 했었으믄 세상 돌아가는 일도 더 잘 알 것이고, 선생님을 더 잘 도와드릴 수도 있었을 텐디……."

　월사금도 없이 학용품까지 무상으로 받아 쓰면서 정작 그때는 양정원의 고마움을 잘 몰랐던 게 강수는 생각할수록 후회스러왔다.

양정원은 보성의 대지주 봉강 정해룡과 학산 선생님이 자주독
립의 뜻을 같이하면서 세운 학교였다. 봉강은 자신의 땅 이천 평
을 선뜻 내놓았고, 학산은 전답 스무 마지기와 십사 년 동안의 교
사 퇴직금을 내놓았다.

무상 교육을 원칙으로 한 양정원에 학생들이 몰려든 건 당연
한 일이었다. 1, 2부 수업으로도 모자라 야간 수업까지 하게 되
었다. 결국 혼자 가르치기 벅찬 상황이 되자, 학산은 자신과 함
께할 교사들을 모집했다. 다행히 학산과 인연이 있던 사람들이
교사를 지원해 왔다. 어떤 대가도 바라지 않은 채 오로지 민족
교육에 대한 사명감으로 뜻을 모은 것이었다.

"늦었다고 생각할 때가 젤로 빠른 때여. 공부는 하다 보믄 쉬
워지고 쉬워지믄 재밌어진게 열심히 해."

"예, 선생님."

"오메, 나도 잘하는 거 없는디 잔소리가 많았다잉."

강수의 장난 섞인 대답에 송애가 얼굴을 붉히며 웃었다.

송애도 양정원을 나왔지만, 중학교에 진학하지는 못했다. 송

애의 재능을 알아본 죽산 할머니가 송애를 소리 선생님께 소개해서 소리를 배우게 된 것이라고 했다.

학산 선생님과 소리 선생님뿐만 아니라 송애를 만나게 된 것도 정말 감사한 일이었다. 무당굴에 살면서 사람들에게 무시당할 때는 세상 사람들이 모두 그런 줄만 알았다. 경찰이 되고 싶다고 생각했던 건 사람들을 자기 앞에 무릎 꿇리고 싶어서였다. 하지만 송애를 보면서 알게 되었다. 진정한 꿈은 자신을 위해서, 세상에 이로운 사람이 되기 위해서 꾸는 것이란 걸. 송애는 악에 받쳐 살았던 강수를 변화시킨, 세상에 이로운 사람이었다.

'나는 경찰이 되고 송애는 명창이 되고……. 그리고 송애랑 혼인을 하는 것이다.'

강수는 혼자만의 생각에 얼굴이 뜨거워졌다. 걷다 보니 어느새 송애 집으로 올라가는 골목 앞이었다. 내일 또 보자는 인사를 하고 송애의 뒷모습이 안 보일 때까지 기다렸다가 돌아섰다.

콧노래를 부르면서 마을 앞길을 걸어 나오는데 순태 형이 오고 있었다. 웬 여자와 함께였다. 강수는 재빨리 몸을 숨겼다.

"인자 그만 가. 울 아부지 눈에 띄믄 내 다리몽뎅이 당장 뿐지른다 하실 것이여."

강 부잣집 딸이자 용실의 사촌 언니인 용미 누나였다.

"잉, 쩌그 앞까지만."

순태 형이 용미 누나의 허리에 슬쩍 손을 얹었다. 선생님 몰래 연애를 하고 있었다니, 용미 누나만 다리가 부러질 일이 아니었다.

*

수많은 혼불이 하늘을 가득 덮었다. 혼불은 어지럽게 뒤엉키며 돌다가 사방으로 흩어져 떨어졌다. 온 세상이 붉은 울음을 토해 내고 핏빛 강물은 곡소리를 내며 흘렀다. 송애는 저고리를 쥐어뜯고 가슴팍을 때렸다. 가슴 깊은 곳에서 슬픔이 올라왔다. 으흐윽. 으흐흐윽.

"송애야, 어째 그러냐?"

아버지가 송애를 부르며 어깨를 흔들었다.

"흐으으윽."

잇따른 흐느낌에 동생 만석이가 몸을 뒤척이며 일어났다.

"안 돼요, 아버지. 절대로 가시면 안 돼요."

송애의 두 손이 허공을 휘저었다.

"오냐, 오냐. 아버지 어디 안 간다."

아버지가 얼른 손을 잡아 주었다. 절대 놓지 않겠다는 듯 송애의 손아귀에 힘이 들어갔다.

"누나 왜 운당가?"

만석이가 잠이 덜 깬 목소리로 물었다.

벌떡 몸을 일으킨 송애는 만석이를 향해 버럭 소리를 질렀다.

"너 때문이여!"

영문도 모른 채 날벼락을 맞은 만석이는 와앙, 울음을 터트렸다. 놀란 어머니가 부엌에서 찬물을 떠 와 송애 얼굴을 닦았다.

불러도 대답 없이 어딘가로 가고 있던 아버지가 눈앞에 있었다. 송애는 안도의 한숨을 내쉬고 아버지를 끌어안았다. 무엇 때문인지 모를 두려움, 원망, 슬픔······. 꿈속에서 느꼈던 감정이 너무 생생해서 눈을 뜬 지금이 오히려 꿈인 것 같은 착각이 들었다.

"몸이 허해서 자꾸 가위에 눌리는갑네. 보약이라도 한 첩 댈여 멕여야 쓸 것인디."

아버지가 안쓰럽다는 듯 송애의 볼을 어루만졌다.

그러자 송애는 아버지 손을 밀어내고 제 볼을 세게 꼬집었다.

"오메, 아프게 갑자기 왜 그러냐?"

아버지가 눈을 휘둥그레 뜨고 바라봤다.

"이상해요, 아버지."

입술이 한쪽으로만 움직이면서 발음이 샜다. 만석이가 보고는 누나 입이 비뚤어졌다며 까르르 웃었다.

"오메, 구안와사가 왔는갑소. 얼렁 학산 선생님 뫼셔 와야겄어라."

누군가 아프거나 다쳤다는 얘기를 들으면 학산은 한달음에 와서 치료해 주었다. 양정원에서 학생들을 가르칠 때도 온갖 의약품을 갖춰 놓고 학생들 건강을 챙겼다. 소문에 따르면 학산은 젊었을 때 일본으로 건너가 의술을 익혔다고도 하고, 한의사인 장인에게 한의학을 배웠다고도 했다. 신통한 의술 때문에 학산을 의사로 아는 사람도 있었다.

비뚤어진 입은 학산이 놓아 준 침과 뜸 덕분에 언제 그랬냐 싶게 원래대로 돌아왔다. 그런데 며칠 뒤부터 송애는 이유 없이 시름시름 앓기 시작했다. 하필 학산이 집을 비워 다시 도움을 받을 수가 없었다.

불덩이를 삼킨 듯 온몸에 열이 오르더니 머리부터 발끝까지 두들겨 맞은 것처럼 아팠다. 꿈에서 다시 혼불을 본 뒤부터 몸살은 더 심해졌다. 아버지가 읍내까지 가서 약을 구해 왔지만 나아지지 않았다. 자꾸 헛소리하는 송애를 보다 못한 어머니는 송애를 데리고 무당굿을 찾아갔다.

무당은 스물세 살에 처음 신병을 앓았다며 자신의 과거 이야기를 꺼냈다. 두 해를 버텨 내고 괜찮을 줄 알았으나 다시 죽을 만큼의 고통이 찾아왔다고 했다.

"신이 오셨소."

무당은 흰 눈자위를 보이며 방울을 흔들었다. 그 순간 송애는 어떤 강한 기운이 자신의 몸을 휘감는 것을 느꼈다. 그 힘은 자신의 것이 아니었다. 무당의 방울을 낚아채 펄떡펄떡 뛰고 싶은 충동. 자신을 조종하는 듯한 힘이 두려웠다.

'관음~~보~~살~ 관음~~보~~살.'

안간힘을 쓰며 속으로 관음보살을 되뇌었다. 죽산 할머니 상을 치르던 날 관음보살을 부르던 스승님 소리에 편안해지던 순간이 떠올라서였다.

"신명은 운명이라고 하지만 어린 나이에 신내림을 받으라 하기가 참 딱하구만요. 그러니 내 죽을힘을 다해 한번 막아 봅시다."

무당 말대로 급하게 눌림굿이라는 것을 했지만 송애는 여전히 기운을 차리지 못했다. 무당굴에 다녀온 뒤로는 미음 한 숟가락조차 잘 삼키지 못했다. 어머니는 눌림굿도 소용이 없는 모양이라고 눈물 바람을 했다.

"뭐, 신병? 그 말을 곧이곧대로 믿고 눌림굿이란 걸 했단 말이여?"

"신명을 눌러서 돌려보내는 굿이라고 한디, 지푸라기라도 잡아야제 어쩌겄어라."

"신병을 앓는다는 것도 헛소리, 눌림굿이라는 것도 다 헛소리여! 우리 송애가 영이 맑아 기운을 타는 것이네. 그쪽에 다시는 얼씬도 하지 말소. 알겠는가?"

좀처럼 큰소리를 내지 않는 아버지가 크게 역정을 냈다.

"아버지, 소리를 하고 싶어요."

이렇게 몸살을 앓다 죽느니 소리를 하다 죽고 싶었다.

"미음 삼킬 기운도 없는디 무슨 소리를 한다냐?"

"폭포 앞에서 소리를 하믄 기운이 날 것 같은디요."

그 말이 불을 당긴 듯 가슴에서 뜨거운 것이 들끓기 시작했다. 무당의 방울 소리에 자신의 몸을 휘감던 어떤 기운과 비슷한 느낌이었다. 송애는 그 힘을 붙잡고 일어났다.

강수는 새벽부터 일어나 소리 선생을 율포까지 배웅했다. 고흥의 어느 부잣집에서 회갑연을 연다고 소리를 청해 온 것이었다. 일본 순사 앞잡이 노릇으로 재산을 많이 불린 집안이라고 했다. 올곧은 소리 선생님이 그런 집에서 청하는 소리를 마다하지 않을 때마다 강수는 못마땅했다. 하지만 선생님이 소리를 배우는 사람의 형편에 따라 학채를 받지 않기도 한다는 것을 알고 난 뒤부터는 생각이 달라졌다.

소리 선생을 배웅하고 무당굴로 가는 내내 강수는 콧바람을 씩씩 불어 댔다.

'송애한테 신이 내렸다니, 그게 말이나 되는 소린가!'

씩씩거리며 집 앞에 선 강수는 사립에 세워진 서낭대를 올려다보았다. 서낭대 꼭대기에 누렇게 말라 있는 댓잎 몇 장이 빙그르르 돌며 얼굴로 떨어졌다. 핑 어지럼증이 일었다. 강수는 신당 쪽을 쳐다보지도 않고 살림방 문을 벌컥 열었다. 새아버지는 보이지도 않고 어머니 혼자 끙끙 앓고 있었다.

무당 어머니의 기운이 내림한 것인지 강수는 짧은 순간 갑자기 일어나는 현기증으로 어머니가 아픈 것을 알아차리곤 했다. 신당에 머무는 시간이 많은 어머니가 해가 뜨도록 살림방에 누워 있다는 건 몹시 아프다는 뜻이었다.

무당으로 살면서도 어머니는 때때로 신병을 앓았다. 어머니는 자신을 찾아오는 이의 기운을 받기도 했다. 다리가 불편한 사람이 점을 보러 올라치면 멀쩡하던 다리가 굳었고, 앞을 못 보는 사람이 오는 날에는 눈이 침침해져 맹인처럼 손과 발을 더듬었다.

"어째서 또 아픈가?"

마음과 다르게 퉁명스러운 말이 튀어나왔다. 어머니는 힘겹게 일어나 앉았다. 그런 어머니를 보고도 기어이 따져 물었다.

"누구여? 누가 그런 거짓말을 했당가? 매화당? 무월? 아니믄, 애기동자여?"

강수는 무당굴에 들어서 있는 무당집들을 줄줄이 읊었다.

"나는 그 아이가 올 줄 알고 있었다."

역시나 어머니는 강수가 무얼 묻는지 이미 알고 말했다.

"참말이라고? 참말로 송애가 신병을 앓는단 말이여?"

덜컥 가슴이 내려앉았다. 어머니가 신을 받을 때 신어머니가 알고 어머니를 기다렸던 것처럼, 어머니는 송애가 무당굴을 찾게 되리란 걸 알고 있었던 것이다.

"눌림굿이라니 당치도 않지. 그런 것이 통할 것 같으믄 나부터서 무당은 안 됐을 것이다."

대체 그건 또 무슨 소린가. 강수는 눈을 동그랗게 뜨고 어머니를 바라봤다.

"누른다고 돌아갈 신명이믄 내려오지도 않는단 말이여. 신을 노하게 했으니 앞으로 무슨 화를 당할지…….."

그러니까 송애는 신내림을 거부하는 방법으로 눌림굿이란 걸 한 모양이었다.

　"어째서 그런 무서운 소리를 하고 그런당가! 송애는 명창이 될 사람이여. 무당은 안 돼, 참말로 안 된당께!"

　강수는 떼를 쓰듯 목소리를 높였다. 그러거나 말거나 어머니 입에서 신령님의 말이 흘러나왔다.

　"신명은 피할 수 없는 운명이다. 그러니 어떤 식으로든 신명을 풀어내면서 살아야 할 것이니라."

　파리한 얼굴로 아버지에게 업혀 온 송애는 소리를 하면 살 것 같다고 했다. 판소리는 송애에게 목숨이나 다름없었다. 피할 수 없는 신명이라면 그것을 판소리로 신명 나게 풀어내며 살면 되는 것 아니겠는가? 비로소 어머니 말에 해답을 찾은 듯 강수는 고개를 주억거렸다.

　혼절하듯 쓰러져 누운 어머니를 뒤로하고 집을 나왔다. 언제나 그랬듯 신병의 고통은 어머니 혼자 오롯이 감당할 몫이었다. 평생 외로움을 감내해야 하는 무당의 삶. 망나니 같은 새아버지를 내치지 못하는 어머니를 조금은 이해할 것도 같았다.

*

"오메, 요 물괴기들을 니가 다 잡었냐? 참말로 용허다잉."

배골댁 입이 헤벌어지면서 몇 개 남지 않은 이가 드러났다. 한나절 내내 영천제에서 낚아 올린 참붕어는 아직 살아서 펄떡이고 있었다.

"푹 고아서 할머니도 잡수고 울 엄니도 챙겨 주시라고요."

"어짜꼬. 또 신병이 왔는갑만."

배골댁은 어머니가 굿판을 열 때마다 뒷수발해 주는 노인이었다. 신을 보고 신의 말을 읊조리는 어머니를 꺼리지 않는 유일한 사람이기도 했다. 강수는 그런 배골댁이 얼굴도 한 번 본 적 없는 외할머니 같아서 좋았다.

배골댁이 차려 준 보리밥을 후딱 먹고 다시 도강마을로 돌아왔다. 해는 벌써 일림산을 향해 기울어 가고 있었다. 마음이 다급해진 강수는 득음 폭포를 향해 달렸다.

곧 죽을 것 같은 모습으로 왔던 송애는 소리가 밥이고 보약인 듯 조금씩 기운을 차렸다. 정말로 소리가 송애를 살린 것이었다.

40

오전에는 구전심수를 하고 오후에는 폭포 앞에서 독공을 하는데 제 소리가 마음에 들지 않으면 어둑해져도 내려오지 않았다. 소리를 하다 죽기로 작정한 사람 같았다.

전날 쏟아진 비 때문에 계곡이 불어 있었다. 강수는 송애를 부르며 계곡을 따라 올라갔다. 콸콸 쏟아지는 물소리가 강수의 목소리를 삼키고 흘러갔다. 그리 보잘것없는 자그마한 폭포를 득음 폭포라 부르는 이유는 바로 그 때문이었다. 바위에 부딪혀 하얀 포말을 만들며 흘러내리는 물소리가 어찌나 크고 시원한지, 득음이란 그 폭포 소리를 이겨 내는 목을 가지는 것이라 했다. 그런 목을 만들기 위해서 송애는 지독한 몸살을 견디는 것이었다.

강수는 어머니한테 얼른 갔다 와서 송애를 데려다줄 생각이었다. 송애가 소리에만 빠져 있는 터라 얘기를 나눠 본 지도 오래였다.

헉헉거리며 득음 폭포 앞까지 온 강수는 사방을 두리번거렸다. 송애는 보이지 않았다. 선생님이 며칠 집을 비울 동안 송애도 집에 가서 건강을 회복하는 데 힘쓰라고 일렀던 터라 오늘은 일찌감치 회령으로 간 모양이었다.

아쉬움을 달래며 발길을 돌리는데 돌 위에 웬 손수건이 떨어져 있는 게 보였다. 송애가 곧잘 꺼내 쓰던, 구절초가 수놓아진 옥양목 손수건이었다. 강수는 손수건을 품속에 고이 넣고 올라왔던 길을 내달렸다.

회령마을에 다다랐을 때는 날이 저물고 있었다. 거친 숨을 헐떡이며 골목길로 들어섰다. 무슨 일인지 골목 위쪽에서 누군가의 호통 소리가 들렸다. 골목 끝 마지막 집, 용실이 살고 있는 강 부잣집이었다. 호기심을 참지 못한 강수는 송애의 집을 지나쳐 더 올라갔다.

여남은 명의 사람들이 활짝 열린 대문 밖에서 마당 안쪽을 기웃대고 있었다. 사람들 틈을 비집고 들어간 강수는 깜짝 놀라고 말았다. 죄인처럼 양팔이 묶인 순태 형이 고개를 푹 숙이고 있는 것이었다.

"내 딸 혼삿길 막을 일 있소? 또다시 이런 일로 내 집을 찾아왔다가는 내가 직접 지서장을 찾아갈 것잉께 그란 줄 아시오!"

강 부자의 서릿발 같은 위엄에 경찰들이 쩔쩔맸다. 잔뜩 얼어

42

붙은 용미 누나는 치맛자락만 꽉 쥔 채 안절부절못했다.

"예에. 그, 그러믄 아닌 줄 알고 이만 돌아가겠습니다."

경찰들은 강 부자를 향해 거수 인사를 한 뒤 물러났다.

"너는 뭣 허고 서 있는 것이냐, 빨리 들어가지 않고!"

강 부자의 성화에 용실이 얼른 용미를 떠밀고 방 안으로 들어갔다. 경찰들이 순태를 앞세우고 대문을 나오자 마당 안을 기웃거리고 있던 사람들은 딴청을 피우며 물러났다.

"순태 성, 이것이 뭔 일이당가?"

강수가 앞을 가로막고 물었다. 하지만 경찰은 그대로 순태를 앞세운 채 골목길을 돌아 나갔다.

어둠이 스멀스멀 골목을 점령해 왔지만, 사람들은 얼른 자리를 뜨지 않았다. 사람들 수군대는 소리가 밤안개처럼 낮게 깔리기 시작했다.

"강 부자 딸 눈치를 본께 둘이 연애를 하긴 하는 모양인갑만. 경찰이 일없이 저 학생만 잡어다 족치게 생겼네잉."

"그렁께. 강 부자가 저러고 호통을 친께 젊은 경찰들이 꼼짝도 못 허네이."

"경찰도 꼼짝 못 하게 허는 위세가 백두산 호랑이시."

"그나저나 잽혀 간 학생은 괜찮을랑가."

"신식 연애가 뭔 죄겠어? 강 부자 민망하게 만든 죄로 몽둥이나 몇 대 맞고 풀려나겄지."

그렇게 두런거리던 사람들은 이내 각자의 집으로 흩어졌다.

'경찰은 힘없는 자를 위해 일하는 사람이다.'

학산 선생님 말이 떠오르면서 쓴웃음이 나왔다. 훈계나 몇 마디 듣고 풀려나면 좋을 텐데. 경찰이 무슨 억지를 부려 순태 형을 곤혹스럽게 할지 알 수 없는 일이었다. 집을 비운 소리 선생님 대신 학산 선생님께라도 알려야 할지 말아야 할지, 강수는 갈피를 잡기 힘들었다.

이튿날 이른 아침, 한 사람도 빠짐없이 양정원으로 모이라는 확성기 소리가 온 동네에 울려 퍼졌다. 그 소리에 깬 강수는 얼른 나가 순태 형의 방문을 열었다. 아랫목에 이불이 얌전히 개켜져 있었다.

'뭣이여? 밤새도록 안 보내 준 거여?'

강 부자를 민망하게 만든 죄가 그리 큰 것인가. 그간 잠자고 있던 불뚝성이 치밀었다. 당장 지서로 쫓아가고 싶었다.

"아니, 아침밥도 묵기 전에 뭔 일로 모이라고 한가 모르겄다."

소리 선생님의 아내 광주댁이 머릿수건을 매만지며 방에서 나왔다. 강수는 얼른 방문을 닫았다.

"순태 성은 벌써 양정원으로 나간 모양인디요."

"그라냐? 야학 댕기느라 잠도 부족할 것인디, 부지런하기도 하시."

아무것도 모르는 광주댁 얼굴에 미소가 번졌다. 광주댁은 어제도 순태 형이 야학에서 늦게 오는 줄 알고 먼저 잠든 모양이었다. 별다른 의심 없이 광주댁이 마당으로 내려가자 강수도 신발을 꿰신었다. 순태 형이 곧 돌아오지 않으면 어젯밤 일을 꼼짝없이 들킬 판이었다.

양정원 운동장에는 사람들이 꽉 차 있었다. 노인들과 코흘리개 아이들까지 모여 대목 장마당처럼 소란스러웠다. 폐교된 양정원에 이렇게 사람들이 많이 모인 건 처음이었다.

"빨갱이랑 내통한 사람이 잽혔다네."

"학생이라 그러든디?"

"공부해서 높은 사람 될 생각은 않고 어째서 뻘건 물이 드는가 몰라."

"해방만 되믄 좋은 세상 올 줄 알았는디 이런 시상이 될 줄 누가 알았겄어."

사람들 얘기를 흘려들으며 강수는 두리번거렸다. 학산 선생님이 심었다는 벚나무 아래 송애와 용실이, 용미 누나가 앉아 있었다. 강수는 그쪽을 향해 손을 흔들며 다가갔다.

밤새 순태 형의 안부를 걱정했는지 용미 누나의 안색이 어두웠다. 순태 형이 아직 돌아오지 않았다는 말을 해 줘야 하나 말아야 하나 망설이는 순간 삐이, 하고 확성기가 켜졌다.

"모두 주목하시오!"

경찰이 연단에 올라서서 소리치자 양정원 건물 안에서 누군가 끌려 나왔다. 그를 알아본 강수는 입을 다물지 못했다. 용미도 소스라치며 두 손으로 입을 막았다. 심하게 매를 맞았는지 순태 형은 핏자국으로 얼룩진 바지를 끌며 절뚝였다. 강수는 이를 앙다물며 주먹을 꽉 쥐었다.

"우리는 어제 일림산에서 빨갱이와 내통하려고 서성이던 자를 붙잡았소! 이자는 빨갱이오!"

"아니어라! 나는 빨갱이가 아니어라!"

순태는 밧줄로 몸이 묶인 채 양정원이 떠나가라 울부짖으며 몸부림쳤다.

"모두 똑똑히 보시오! 빨갱이와 내통하거나 그들을 돕는 자는 이렇게 될 것이오!"

탕!

총소리와 동시에 조금 전까지 펄펄 뛰던 순태가 푹 고꾸라졌다.

"으앙!"

총소리에 놀란 아이들의 울음소리가 터졌다. 우는 아이 입을 틀어막으며 사람들은 숨소리를 삼켰다. 송애와 용실은 서로 부둥켜안은 채 벌벌 떨었다. 얼굴이 하얗게 질린 용미가 까무러쳐 쓰러졌다.

◇◇◇

광목천에
번지는
핏물

◇◇◇

산속에 숨어 있는 야산대들을 색출한다는 명목으로 토벌대나 경찰은 툭하면 동네 사람들을 불러 모았다. 사람들은 들일하다가도 연장 대신 죽창을 들어야 했다. 죽창 훈련에 빠지면 사상이 불순한 자로 의심받았다.

　찌르르찌르르. 풀벌레 소리가 익어 가는 밤이었다. 만석이가 쌔근쌔근 낮은 숨소리를 내며 잠들자 두런두런 이야기를 나누던 부모님 목소리도 끊어졌다. 송애도 가물가물 잠 속으로 빠져들어 갈 무렵, 누군가 발소리도 없이 집 안으로 들어와 방문을 벌컥 열어젖혔다.

　"경찰이오. 긴급 훈련이 있으니 당장 강 부잣집 마당으로 모이시오."

"아이고메, 이 밤중에 무슨 훈련이랍니까?"

"꾸물대지 말고 모두 당장 나오시오!"

아버지와 어머니를 끌어낸 경찰은 겁먹은 송애와 만석이까지 끌어냈다.

밤공기가 제법 싸늘했다. 경찰의 성화에 식구들은 어리둥절한 채로 강 부잣집을 향해 골목을 올라갔다. 강 부잣집 마당은 먼저 나온 마을 사람들로 꽉 차 있었다.

"아닌 밤중에 홍두깨여. 참말로 뭔 일인가 모르겄네잉."

"놓쳤다는 입산자 때문인갑네."

"그런다고 야밤에 애어른 할 거 없이 죽창을 들라는 말이여?"

사람들은 목소리를 낮추며 구시렁거렸다. 빨갱이라고도 하고 산사람이라고도 말하는 입산자, 좌익 사상에 빠져 스스로 산에 들어간 사람을 두고 부르는 말이었다. 며칠 전 동네 사람의 신고로 마을 가까이 내려온 산사람 한 명이 붙잡혔다. 그런데 경찰은 또 다른 사람을 놓친 일로 날마다 사람들을 닦달했다. 사람들은 하루가 멀다고 죽창 훈련을 받아야 했다.

송애는 경찰이 시키는 대로 마당 한쪽에 쪼그려 앉았다. 마을 사람들이 많이 모였는데도 강 부잣집 식구들은 방에 그대로 있는지 모습을 볼 수 없었다. 송애가 올 줄 알고 있다면 용실이 나와 있을 텐데 용실도 보이지 않았다.

"우리는 인민 해방을 위해 투쟁하는 야산 대원이요. 당신들이 경찰에 넘긴 사람은 우리의 소중한 동지였소. 당신들이 동지를 죽였소!"

조금 전까지 경찰이라던 사람들이 느닷없이 말을 바꿨다. 마당에 모인 사람들이 술렁이기 시작했다.

"오메, 저 말이 뭔 소리당가?"

"빨갱이란 말이여?"

"인자 우리는 다 죽었네."

불안한 목소리가 마구 뒤엉켰다.

송애는 강수로부터 작년 4월에 제주도에서 봉기가 일어났었다는 얘기를 들었다. 강수는 학산 선생님을 통해 알게 된 사실이었다. 남한의 단독 정부 수립에 대한 반대로 일어난 봉기였다. 정부는 14연대를 제주도에 급파해 사태를 막으려고 했다. 하지만 14연대 군인들은 이를 거부하고 반란을 일으켰다. 동족을 학살할 수 없다는 이유에서였다. 결국 정부는 계엄령을 선포하고 5개 연대를 투입해 반란을 일으킨 봉기군들을 진압했다. 살아남은 봉기군들은 산으로 들어가 야산대 활동을 했다. 이 과정에서 주변 지역 사람들은 밤이면 야산대에게, 낮이면 경찰과 토벌대에게 시달려야만 했다. 야산대나 그 동조자들에게 밥이나 먹을 것을 준 사람은 무조건 총살을 당했다.

회천면에서도 야산 대원들에게 밥을 해 주고 경찰에게 죽임을 당한 사람들이 여럿 있었다. 먹을 것을 주지 않으면 야산대 손에 죽고, 먹을 것을 내주면 경찰에게 죽는 것이었다. 죽지 않으려고 먹을 것을 내준 사람들은 죽지 않으려고 일림산으로 숨었다. 그러다 결국 산사람이 되는 경우도 있었다.

산 아랫마을에 사는 사람들이 도처에 지뢰처럼 널려 있는 죽음을 피해 가기란 쉽지 않았다. 이 밤을 무사히 넘긴다면 내일은 무사하지 못할 것이라는 두려움이 송애를 덮쳐 왔다.

"끌고 나와."

야산 대장의 말에 방 안에서 누군가 몸이 축 늘어진 채 끌려 나왔다. 강 부자 내외였다. 이어서 손목이 묶인 용실과 용미도 끌려 나왔다. 강 부자네 식구들이 보이지 않았던 이유를 뒤늦게 알게 된 송애는 바들바들 몸을 떨었다.

"우리는 오늘 인민의 적 강봉석이 집에 왔다는 제보를 듣고 내려왔소. 그런데 강봉석은 쥐새끼처럼 눈치를 채고 도망가 버렸소. 따라서 우리는 악질 반동분자 강봉석 대신 이들을 처단할 것이오!"

대장이 말했다. 그러자 축 늘어져 있던 강 부자가 간신히 고개를 들었다.

"살려 주시오. 우리는 죄가 없소."

"닥쳐라! 인민의 피땀을 착취한 지주는 모든 인민의 적이다!"

대장은 강 부자 내외를 향해 죽창을 높이 쳐들었다. 송애는 아버지 품속으로 와락 얼굴을 묻었다.

"살려 주세요. 으흐흐흑!"

"큰아버지!"

용미와 용실의 비명이 밤공기를 찢었다. 비릿한 피 냄새가 콧속을 파고들었다. 야산 대원은 울며 몸부림치는 용미와 용실의 입을 틀어막았다. 이어서 관솔 등불을 든 대원이 마당에 모인 마을 사람들 사이를 비집고 다녔다. 그러고는 사람들의 손바닥을 자세히 들여다보며 만져 본 뒤 한 명씩 가려 내 토방 가까이에 줄줄이 세웠다.

등불이 어머니와 아버지 앞으로 다가왔다. 겁먹은 만석이가 어머니 치맛자락을 잡아당기자 어머니의 볼록한 배가 드러났다. 아버지가 놀라서 어머니 어깨를 감싸안았다.

"아기를 가졌군. 당신이 남편이오?"

아버지가 고개를 끄덕이자 그는 아버지를 다른 사람들과 따로 구분해 세웠다.

"당신들 손바닥엔 죽창 훈련을 받은 흔적이 뚜렷이 있소. 경찰에 적극적으로 협조한 자 역시 반동분자요!"

대장이 토방 가까이 세워 놓은 사람들을 보며 말했다.

"힘없는 농사꾼이 뭘 알겠어라. 우리는 시키는 대로 했을 뿐이어라우!"

"농사꾼 손바닥에 굳은살 안 백힌 사람도 있답디까?"

"닥치시오!"

야산 대원들은 사람들의 오금을 걷어차 무릎을 꿇렸다. 마당은 순식간에 울음바다로 변했다.

"우리를 밀고하거나 군인과 경찰에 적극 협조한 자들은 우리가 반드시 처단할 것이오!"

말이 끝나기가 무섭게 끔찍한 처형이 시작되었다. 핏물이 후드득 튀면서 사람들이 푹푹 고꾸라졌다.

마을 사람들을 처참히 죽인 그들은 동네 집들을 뒤져 식량과 옷가지를 약탈했다. 그러고는 그 짐을 아버지와 몇 명의 남자들에게 옮겨 줄 것을 명령했다.

"도둑놈. 우리 닭 내놔요!"

만석이가 울먹이며 대장의 다리에 겁 없이 매달렸다.

"도둑놈은 인민의 피를 빨고 살아온 지주와 친일파들이다. 모든 인민이 평등하게 사는 세상이 오면 이 닭을 수십 마리로 갚아 주겠다."

야산대 대장은 만석이 머리를 쓰다듬어 주고는 재빨리 동네를 떴다.

끔찍했던 밤은 좀처럼 물러가지 않았다. 아버지 발걸음 소리를 기다리다 지쳐 갈 무렵 송애는 잠의 수렁으로 빨려들었다.

아버지가 지게를 메고 산길을 걸어가고 있었다. 앞질러 가서 보니 아버지가 아니라 총을 맞은 순태 오빠였다. 순태는 피범벅이 된 손으로 송애의 팔목을 붙잡았다. 송애는 순태를 뿌리치고 도망쳤다. 저만치 아버지의 뒷모습이 다시 보였다. 달려가 옷자락을 부여잡으니 이번에는 가슴에 죽창이 꽂힌 강 부자가 목을 졸랐다.

흐읍. 넘어갈 듯한 숨을 들이켜며 눈을 떴다. 몇 시쯤 되었을까. 짙은 어둠이 눈에 익자 옆에 누운 만석이의 윤곽이 희미하게 보였다. 어머니와 아버지는 방 안에 없었다. 아버지가 아직 돌아오지 않은 것이었다.

쪼르륵 소리와 함께 빈 속에서 허기가 올라왔다. 죄 없는 이들의 무참한 죽음을 목도하고도 잠이 들고 배가 고파 오는 육신이 저주스러웠다. 뱃가죽을 열어 위장을 쥐어뜯어 버리고 싶었다.

"아이고메, 왜 인자 오요."

"여즉 한숨도 못잤는갑네."

그토록 기다렸던 아버지의 목소리였다. 송애는 아버지를 불렀다. 하지만 목소리가 나오지 않았다. 몸을 일으키려고 했지만 움직여지지 않았다.

"속 보타 죽는 줄 알았어라."

"이녁 맘 알고 한 걸음도 안 쉬고 왔네."

아버지! 달려 나가 아버지의 모습을 확인하고, 얼굴을 매만지고, 펄떡거리는 가슴에 귀를 대고 싶었다. 총 맞은 순태 오빠가 아니라, 죽창을 맞은 강 부자가 아니라, 아버지가 아버지인 것을 확인하고 싶었다.

송애는 자신을 결박하고 있는 무언가에서 벗어나려고 몸부림쳤다. 그럴수록 무겁고 질척한 잠이 송애에게 끈질기게 들러붙었다. 아버지와 어머니의 목소리가 가물가물 멀어졌다.

다시 잠에서 깼을 때는 부유스름한 여명이 번져 오고 있었다. 머리맡에 앉아 자신을 내려다보는 아버지의 얼굴이 보였다. 송애는 벌떡 일어나 아버지를 끌어안았다. 아버지의 땀 냄새, 까칠한 수염, 따뜻한 숨결이 느껴졌다.

아버지 손을 잡아 보았다. 손바닥의 군은살이 만져졌다. 만약

짐꾼으로 따로 지목되지 않았다면 아버지도 끔찍한 변을 당했을 거라는 생각에 진저리가 쳐졌다.

"오냐, 오냐. 얼마나 놀랬냐."

아버지의 손이 아기 어르듯 송애를 토닥였다. 그제야 용실과 용미 언니가 생각났다. 둘은 어떻게 되었을까. 강봉석은 어쩌자고 이제 와서 가족들을 위험에 빠뜨리고 혼자 도망쳤을까. 송애는 지금 자신이 느끼는 안도감에 한없이 미안해졌다.

야산대가 아버지와 다섯 명의 남자에게 지게 짐을 지워 함께 마을을 뜬 뒤 강 부잣집 마당은 그야말로 아비규환이었다. 그들의 미친 살육에서 벗어났다고 생각한 순간 송애는 저녁에 먹을 것을 다 게워 낸 뒤 까무룩 정신이 흐릿해졌다. 그 뒤 어떻게 집으로 왔는지 기억나지 않았다.

용실은 용미와 함께 아버지를 따라 마을을 떠났다. 강봉석은 보살이나 다름없었던 어머니 가슴에 대못을 박은 것도 모자라 결국 형 부부를 죽음에 이르게 했다. 사람들은 그가 이번 일로 자신의 과오를 뉘우치기보다 더 악랄한 놈이 될 것이라 입을 모았다. 그동안 용실의 아버지가 어떤 사람이었든 송애와 용실의 사이를 가로막는 걸림돌이 되지는 못했다. 하지만 송애는 이제 강봉석이 두려웠다. 용실과 언제 어떤 모습으로 다시 만나게 될지 몰라 두려웠다.

아버지는 잠시 눈붙일 새도 없이 지난밤의 변고를 수습기 위해 서둘러 나갔다. 밤새 애간장이 다 녹아 버린 듯 어머니는 자꾸만 긴 숨을 토해 냈다. 송애는 어머니 쪽으로 돌아누워 단단하게 뭉친 어머니의 배를 가만가만 어루만졌다. 배가 자꾸 뭉치면 아기가 열 달을 못 채우고 나올 수 있다고 했다.

"이 험한 세상, 뭣이 궁금하다고 벌써 이렇게 힘을 써 대냐."

그런데도 배 속 아기는 제 존재를 알리며 툭, 툭 발길질해 댔다.

*

바닷물이 조금씩 들어오고 있었다. 간조 시간 내내 갯벌을 파헤치고 다닌 강수는 낙지 한 마리를 겨우 잡고서야 뻘밭에서 나왔다. 산낙지는 쓰러진 소도 일으킨다고 했다. 이만한 낙지를 두

세 마리만 잡았으면 좋으련만, 숨구멍을 찾았다 싶으면 낙지는 온데간데없었다.

아쉬운 마음을 접고 마을로 돌아왔다. 제법 실해 보이는 낙지는 대통 위로 자꾸만 다리를 걸치며 기어올랐다. 어찌나 힘이 센지 빨판을 딱 붙이고 떨어지지 않으려 했다. 그것을 본 광주댁 얼굴이 모처럼 환해졌다.

소리 선생님과의 사이에서 자식을 두지 못한 광주댁은 순태 형을 자식처럼 여겼다. 엄한 소리 선생님 뒤에서 광주댁은 늘 너그럽게 순태 형을 감쌌다. 그런 광주댁의 상심 또한 소리 선생님과 별반 다르지 않을 것이었다. 그런데도 선생님을 먼저 챙기느라 몸져눕지도 못했다.

늦은 점심을 먹고 난 강수는 책을 폈다가 도로 덮어 버렸다. 지금쯤이면 구전심수 소리로 귀가 쟁쟁할 시간인데 집이 절간 같았다. 순태 형에 이어 이웃 사람들의 무고한 죽음을 목격한 송애도 지금 힘든 시간을 보내는 중이었다. 그간 몇 번이고 송애를 찾아갔지만 만날 수 없었다. 소리로 풀어져야 할 신명이 다시 송애를 괴롭히고 있었다. 그러니 송애를 위해서라도 선생님이 얼른 자리를 털고 일어나야 했다.

마당으로 나온 강수는 빈 지게를 지고 사립을 나섰다. 여름 태풍이 지나간 자리에 널브러져 있을 나뭇가지나 관솔을 주워 모으면 한겨울 불쏘시개라도 할 수 있을 터였다.

"선생님 계신가?"

반가운 소리에 돌아보니 송애 아버지가 송애와 함께 골목을 올라오고 있었다. 강수는 속없이 설레는 마음을 들킬세라 얼른 집 안으로 뛰어 들어갔다.

"선생님, 송애가 왔어라우!"

강수의 호들갑에 광주댁이 얼굴을 내밀었다. 송애를 본 광주댁은 죽은 순태 형이라도 만난 듯 눈물 바람을 했다. 순태 형과 함께 소리를 하던 송애를 보니 그간 눌러 왔던 감정이 올라오는 모양이었다.

"오메, 내 정신 좀 보소. 얼른 들어가십시다."

옷소매 끝으로 눈가를 닦은 광주댁은 두 사람을 선생님이 계신 방으로 안내했다. 강수는 지게를 그대로 진 채 까치발을 들었다 놨다 하면서 닫힌 방문만 쳐다보았다. 이윽고 방문이 금방 다시 열리고 두 사람이 나왔다. 선생님이 아직 기운을 못 내는 탓에 인사만 드리고 나온 모양이었다. 강수는 입가에 번지는 미소를 깨물며 딴청을 피웠다.

"땔감 줏으러 갈 참이었으믄 나도 항꾼에 가세."

"예? 아, 예⋯⋯."

송애 아버지의 반존대에 강수는 괜히 가슴이 울렁거렸다. 내가 또래보다 덩치가 큰께로 어른 맹키로 보이는가? 편하게 말을 놓지 않는 송애 아버지가 어려우면서도 한편으론 어른 대접을 받는 것 같아 우쭐한 마음이 들었다.

송애 아버지는 헛간에서 낫을 한 자루 가지고 나왔다. 여기서 쉬고 있으라는 만류에도 송애는 득음 폭포 쪽으로 가자며 먼저 나섰다. 낯빛이 파리한 게 금방이라도 쓰러질 것처럼 보이는 송애를 말릴 수 없었다.

득음 폭포는 하얗게 몸을 부대끼며 힘찬 소리를 내지르고 있었다. 이곳에 오지 않은 게 한 달이 넘었으니, 순태 형이 죽은 지도 벌써 그렇게 된 것이었다.

봄아 왔다가 가려거든 가거라

니가 가도 여름이 되면 녹음방초 승화시라

옛부터 일러 있고 여름이 가고 가을이 돌아오면…….

사철가로 목을 틔워 보던 송애는 힘에 부치는지 그대로 주저
앉았다. 송애 아버지는 폭포 위쪽에서 나무 사이를 헤치고 다니
며 부러진 나무의 곁가지를 치고 있었다. 강수는 관솔을 줍다 말
고 송애에게 다가가 옆에 나란히 앉았다. 오랜만에 보는 송애와
한마디도 못 하고 헤어지고 싶지 않았다. 어깨를 축 늘어뜨린 모
습이 안쓰러워 힘이 되어 줄 말을 하고 싶은데 얼른 입이 떨어지
지 않았다. 그러자 송애가 먼저 입을 열었다.

"차라리 신내림을 받을까?"

"뭐? 그런 말도 안 되는 소리를 할라고 여그까지 왔냐?"

강수는 저도 모르게 성을 내 버렸다. 끔찍한 일을 연달아 목격
했기로서니 이렇게 약한 소리를 하다니, 쓰러져 죽는 한이 있어
도 소리를 하겠다던 송애는 온데간데없었다.

"내가 신내림을 안 받고 버텨서 죄 없는 사람들이 화를 입는지

도 몰라."

가슴이 철렁 내려앉았다. '신을 거부하면 주변 사람이 큰 화를 입는다.'라는 무당들이 곧잘 하는 말을 송애가 가슴에 새기고 있는 모양이었다.

"어지러운 세상 땜시 일어나는 일이제 그것이 왜 니 탓이여? 말도 안 되는 소리는 하지도 말랑께!"

답답해진 강수는 버럭 소리를 질러 버렸다.

"꿈에서 겁나게 많은 혼불을 봤어. 한두 번 꾼 것이 아니랑께. 참말로 나 때문에 순태 오빠랑 동네 사람들이 그리된 것이라믄……."

나중에 들은 말이지만 어머니도 혼불이 온 마을을 뒤덮는 꿈을 꾸었다고 했다. 대체 무슨 일이 일어나려는가. 걷잡을 수 없는 불안감과 함께 전신이 떨려왔다.

강수는 일부러 차디찬 폭포 물에 손을 담가 요란스럽게 세수를 했다. 그러다 물방울을 송애 얼굴로 튕겼다.

"자꾸 헛소리하는 거 본께 폭포 물 맞고 정신 좀 채려야 쓰겄네. 어찌냐, 정신이 번쩍 들제?"

얼굴을 찡그리며 손으로 막던 송애도 이내 세수를 했다. 그러고는 억지로 웃었다. 강수는 주머니 속에 품고 다녔던 옥양목 손수건을 꺼내 건넸다.

"울 엄니가 그랬어야. 너한테 느껴지는 기운이 신령님만큼 강하다고. 긍께 마음 약한 소리는 하지도 말어."

강수는 불안한 마음을 들킬세라 얼른 송애 아버지가 있는 쪽으로 뛰어 올라갔다. 그깟 꿈이 뭐라고, 어째서 불길한 생각이 자꾸만 고개를 쳐드는지 알 수 없었다.

*

송애는 만석이를 데리고 빨래터로 나왔다. 읍내 중학교에 가지 않는 일요일이면 일없이 따라 나와 재잘대던 용실이 없으니 무척 조용했다. 빨래를 주무르는 손에 도무지 힘이 들어가지 않았다.

용실은 무겁고 어둡고 복잡한 속내를 가진 송애와 달리 단순하고 밝고 씩씩했다. 그 모습이 외로움을 들키기 싫은 방어 기제라는 것을 알면서도 옆에 있으면 자신의 어둠까지 밀어내 주는 것 같아 용실의 수다가 좋았다.

방망이질하다 말고 먼 하늘을 바라보았다. 용실과 용미 언니가 광주에 있다는 말도 들렸고 일본으로 갔다는 말도 들렸다. 용실의 친어머니가 용실을 낳고 돌아가신 뒤 강봉석이 일본 여자와 광주에서 살림을 차렸다는 소문이 있었으니 둘 다 가능성 있는 말이었다.

"누나, 저 사람들 누구여?"

물속에 들어가 돌을 들추며 놀고 있던 만석이가 손가락으로 어딘가를 가리켰다. 총을 멘 사람들이 줄지어 오고 있었다. 한눈에 봐도 스무 명은 넘어 보였다. 송애는 채 빨지 못한 옷가지를 그대로 들고 일어섰다.

"벌써 갈라고? 힝, 물고기 한 마리도 못 잡었는디."

"오늘은 그만 가자."

"저 사람들 땜시? 빨갱이여?"

허둥대는 송애를 보며 만석이가 물었다. 얼마 전 밤중에 내려온 야산대가 떠오른 모양이었다. 송애는 고개를 저었다. 야산대라면 이렇게 훤한 대낮에 총을 메고 무리 지어 돌아다닐 수는 없을 것이다. 겁먹지 말라고 만석이를 안심시켰지만 사실 송애는 무서웠다. 군인이든 경찰이든 총을 가진 사람들과 맞닥뜨리고 싶지 않았다.

머리에 인 빨래 대야를 한 손으로 잡고 다른 손으로 만석이 손을 꽉 잡았다. 군인들에게 따라잡히지 않으려고 뛰다시피 걸었다. 뒤를 돌아보며 만석이가 자꾸 칭얼댔다.

어느새 마을까지 들어온 군인들은 당산나무 앞에서 둘을 막아 세웠다. 점심밥을 청해 먹고 가려는 것이라면 이장님을 따로 불러 얘기해도 될 텐데, 어린 만석이까지 붙잡아 두는 것이 아무래도 이상했다.

"지금부터 마을 사람들을 한 명도 빠짐없이 여기로 불러낸다!"

지휘관인 듯한 남자의 명령에 나머지 군인들이 사방으로 흩어졌다. 골목마다 군인들의 목소리가 울렸다. 심장이 쿵쾅대기 시작했다.

'아니여, 이 사람들은 반란군이 아니라 우리 군인이여.'

송애는 속으로 되뇌었다.

"요번에는 또 뭔 일이다요."

"하루도 맘 편한 날이 없구만이라."

마을 사람들이 하나둘 당산나무 앞으로 모여들었다. 들에 나가 있던 사람들도 돌아왔다. 그 사람들 속에 아버지와 어머니도 있었다.

지휘관은 마을 이장을 찾았다. 이장님이 쭈뼛거리며 앞으로 한걸음 나왔다.

"마을 사람이 모두 몇 명이오?"

"아, 예. 아그들 빼고 마흔아홉 명일 것이구만요."

이장님이 대답하자 지휘관은 옆에 선 군인에게 턱짓했다. 군인이 재빨리 어른 수를 센 뒤 서른여섯이라고 말했다.

"서른여섯이라, 차이가 크게 나는군. 들에서 안 돌아온 사람이 많은 것이오?"

지휘관이 이장님을 보며 물었다. 이장님은 사람들을 쭉 훑어보더니 갑자기 생각난 듯 아차,하는 표정을 지었다.

"대답하시오. 어떻게 된 거요?"

결국 이장님은 얼마 전 마을 사람들이 야산대에게 변을 당한 일을 털어놓았다.

"빨갱이 놈들이 와서 죽였단 말이군."

지휘관은 입술을 비틀며 중얼거렸다. 그러고는 마치 기다렸다는 듯 사람들을 한 명 한 명 쏘아보며 말했다.

"우리는 야산대가 이 마을 뒷산을 몇 차례 지나갔다는 첩보를 입수했소. 그놈들에게 협조한 일이 있는 사람은 지금 자수하시오!"

그의 말에 사람들은 입을 꾹 다문 채 서로의 눈길을 피했다.

"지금 자수하는 사람은 죄를 묻지 않고 용서할 것이오!"

사람들이 술렁대기 시작했다. 송애는 지휘관 입에서 나온 용서라는 말이 너무 무서웠다. 금방이라도 군인들이 아버지를 끌어낼 것 같아 무서웠다. 그날 가족을 잃은 사람들이 손가락으로 아버지를 가리킬까 봐 두려웠다.

"그놈들이 와서 사람들을 쥑이고 간 일 말고는 아무 일도 없었습니다요. 죽창 훈련을 많이 했다는 이유로다 억울허게 죽은 사람들밖에 없었어라우."

이장님이 안절부절못하고 손사래를 쳤다. 두려움에 흔들리는 이장님 눈빛을 지휘관이 놓치지 않았다.

"빨갱이들이 빈손으로 그냥 돌아갔다는 말을 믿으라는 것이오?"

그는 허리에 찬 총을 빼 들고 이장님 가까이 다가갔다.

"차, 참말이구만요. 다음 날 경찰이 와서 피해 사실을 확인하고 갔었단 말입니다요."

그 말은 사실이었다. 경찰은 다음 날 아침 강 부자 내외와 마을 사람들이 야산 대원들로부터 당했다는 것을 알고 마을로 왔다. 죽창 훈련을 받았다는 이유로 처참하게 가족을 잃은 마을 사람들 앞에서 경찰도 전날 밤 일을 더는 캐물을 수 없었던 것이다.

"빨갱이들이 밥이 아니라 피에 굶주렸던 모양이지."

지휘관은 가래침을 탁 뱉더니 다른 사람들 앞으로 걸음을 옮겼다. 사람들은 모두 고개를 푹 숙이고 눈치만 살폈다.

"다들 빨갱이들과 내통한 자들이야."

그가 입술을 비틀며 총을 쳐들었다. 사람들이 화들짝 놀라 몸을 움츠렸다.

"지금부터 셋을 세겠소. 하나!"

그 순간 아버지가 움찔 움직였다. 송애는 아버지 옷자락을 꽉 움켜잡았다. 지휘관이 둘을 셌다. 심장이 튀어나올 것처럼 요동쳤다. 지휘관이 셋을 세려는 찰나, 느닷없이 만석이가 불쑥 앞으로 튀어 나갔다.

"빨갱이가 우리 집 닭을……."

어머니가 재빨리 만석이 입을 틀어막았다. 지휘관 얼굴에 만족스러운 웃음이 번졌다.

"아, 아니어라. 제 동생이 꿈을 자주 꾸는디, 그래서 시방 꿈 얘기를 하는 것이어라."

그러거나 말거나 지휘관은 송애를 밀치고 만석이 앞에 다가앉았다.

"그래, 빨갱이가 너희 집 닭을 잡아갔느냐?"

"한 마리도 안 냄기고 몽땅 잡아가부렀어요. 힝."

입이 열린 만석이는 그날의 억울한 일을 야무지게 일러바쳤다. 송애는 손톱이 손바닥 살을 파고들 만큼 주먹을 꽉 쥐었다. 잘 놀고 있던 만석이를 억지로 끌고 온 자기 잘못이었다.

"못된 놈들이구나. 으하하하!"

지휘관은 웃음을 터트리고는 만석이 머리를 마구 헝클어뜨렸다. 다시 생각해도 목이 메는지 만석이는 입술을 실룩였다.

"이제 진실을 밝혀 볼까."

지휘관은 만석이를 번쩍 안아 올렸다. 놀란 아버지가 만석이를 부르며 털썩 무릎을 꿇었다.

"당신이 아버지로군. 지금 당신 아들이 거짓말을 하는 거요?"

"마을에서 약탈한 짐을 옮겨 달라고 했습니다. 말을 듣지 않으면 가족들까지 다 죽이겠다고 협박을 해서……."

"좋아. 당신과 함께 짐을 옮긴 자들을 불러내시오."

"호, 혼자 옮겼습니다요."

아버지 말에 지휘관은 코웃음을 치고 만석이를 내려놓았다. 그러고는 만석이 머리에 총부리를 갖다 댔다. 놀란 만석이가 울음을 터트렸다.

"아이고, 살려 주씨요!"

아버지와 어머니가 울먹이며 매달렸다. 군인들이 아버지와 어머니를 억지로 떼어 냈다. 지휘관은 총의 방아쇠를 당긴 뒤 만석이 머리에 다시 겨눴다.

"이자와 함께 빨갱이를 도운 자는 당장 앞으로 나오도록! 안 그러면 총알이 이 아이 머리를 뚫을 것이다!"

"살려 주씨요, 지발 우리 만석이를 살려 주란 말이요!"

보다 못한 어머니가 마을 사람들 앞에서 통사정했다. 송애는 그만 두 눈을 질끈 감아 버렸다.

결국 이장님이 앞으로 나와 무릎을 꿇었다. 뒤를 이어 네 사람이 울 듯한 표정으로 앞으로 나왔다.

"모두 여섯. 더 없는 것이오?"

"저희들이 전붑니다요. 총 앞에서 어쩔 수 없이 한 일인께 지발 너그러이 용서해 주시씨요."

이장님이 허리를 조아리며 빌었다. 그제야 지휘관은 총을 거두고 만석이를 놓아주었다.

"좋소. 이번에는 우리를 잘 도와야 할 것이오."

지휘관은 그날 짐을 옮겨 준 여섯 명의 가족에게 밥을 지어 오라고 시켰다. 나머지 사람들은 불안에 떨며 당산나무 아래에 꼼짝없이 붙잡혀 있었다.

얼마 지나지 않아 어머니와 다른 아주머니들이 밥을 지어서 내왔다. 군인들은 아버지를 포함한 여섯 명에게 음식을 나누어 지게에 짊어지도록 했다. 그리고 앞뒤로 포위하듯 둘러싸고 마을을 떠났다.

　"안 돼요, 아버지. 절대로 가시면 안 돼요!"

　흐릿해지는 아버지를 보며 속으로 외치는 순간 이상한 기시감이 들었다. 아버지의 뒷모습에 그날 죽은 동네 사람들 얼굴이 겹쳤다. 언젠가 꿈속에서 느꼈던 감정이 생생하게 떠올랐다. 그 꿈에서 아버지에게 했던 말이었다.

　"아이고, 신령님 부처님. 저 냥반들을 보살펴 주십소사!"

　"지발 탈 없이 보내 주씨요!"

　가족을 산으로 보낸 사람들이 산을 향해 손을 모으고 허리를 숙였다.

　어느새 아버지와 군인들은 산속으로 모습을 완전히 감춰 버렸다. 구름 덮인 하늘에서 툭툭 빗방울이 떨어졌다.

　"비까지 오고 지랄이여."

　"우리 군인들인디 뭔 일 있을랍디여?"

"오메, 만석이한테 총부리 겨눈 거 못 봤소?"

사람들은 자리에서 좀처럼 흩어질 줄 몰랐다.

"집에 가 기다리고 있으믄 오실 것이다. 가자."

어머니가 두 손으로 배를 감싸며 걸음을 옮겼다. 만석이가 어머니 팔을 잡았다. 어머니는 허방을 딛는 것마냥 자꾸 휘청였다. 눈앞이 부옇게 흐려졌다. 송애 눈에 어머니와 만석이 모습이 허깨비처럼 보였다가 안 보였다가 했다.

*

추적추적 내리던 가을비는 금방 그쳤다. 방에 들어갈 줄 모르고 마당을 서성이던 어머니가 마루 기둥에 어깨를 기대고 앉았다. 그런 채로 망부석이 되어 버릴 것처럼 꼼짝도 하지 않았다. 시간이 멈춘 마당 위로 참새가 내려앉았다 날아가고, 뒷산 멧비둘기도 날아와 꾸룩꾸룩 울었다. 송애는 토방 아래에 쭈그려 앉아 우두커니 허공을 응시했다.

탕, 탕, 탕. 총소리가 멈춰 있던 시간을 뒤흔들었다. 송애는 소스라쳐 일어나 어머니를 돌아봤다. 어머니도 튕기듯 일어섰다. 탕, 탕. 또다시 총성이 울렸다. 어머니는 고무신을 신을 새도 없이 달려 나갔다. 송애는 디딤돌 위에 엎어진 흰 고무신을 들고 어머니를 따라 나갔다.

"누나! 나만 두고 어디 가?"

만석이가 뒤쫓아 나오며 물었다. 불쑥 화가 치밀었다.

"너 때문……."

버럭 소리를 지르다 말고 입을 다물었다. 만석이 머리에 총이 겨눠지던 순간이 떠올랐다.

"나 때문에 아버지가 잡혀간 거여?"

곧 울음이 터질 것처럼 만석이 입술이 비죽거렸다. 설마, 그날 악몽 끝에 만석이를 향해 내질렀던 말이 오늘을 예견한 것이었을까. 아니여, 아니여! 송애는 불길한 생각을 밀어내며 세차게 머리를 흔들었다.

"잡혀가긴 누가 잡혀가? 아버지는 지게 짐만 지어 주고 금방 오실 건디."

"방금 난 총소리는 뭣인디?"

만석이 눈썹에 기어이 눈물방울이 매달렸다.

"사냥꾼이 새 잡는 갑제. 만석아, 누나가 가르쳐 준 숫자 세기 한번 해 볼래?"

송애는 억지로 웃어 보이며 만석이 눈물을 닦아 주었다. 마음이 놓였는지 만석이는 순순히 하나부터 숫자를 세기 시작했다. 그러다 일곱을 건너뛰고 여덟에서 고개를 갸웃하더니 머리를 긁적였다.

"여섯 다음에 일곱, 여덟 다음에는 아홉이고. 생각 안 나믄 하나부터 천천히 다시 세 봐."

"하나, 둘, 셋……."

"천천히 세랑께. 열아홉 다음에는 스물이다잉. 스물까지 세고 나믄 다시 하나부터 스물까지. 고것을 열 번, 또 열 번만 반복함서 기다리고 있으믄 아버지가 와서 목말 태워 주실 것이여."

그렇게 만석이를 달래 방으로 들여보냈다. 셈이 서툰 만석이는 숫자를 세다 틀리면 다시 하나부터 반복할 것이고 그러다 지루해지면 서서히 잠에 빠져들 것이다. 그리고 단잠에서 깨어나면 아버지 어깨 위로 올라앉아 병정놀이를 할 수 있을 것이다.

그러나 현실은 그 소박한 상상을 매몰차게 밀어내고 있었다.

"기어코 변을 당했는갑네."

"썩을 놈들! 빨갱이를 잡아야제 왜 죄 없는 사람들을 잡는당가?"

"사람 목숨을 포리 목숨맹키로 보는 건 빨갱이나 군경이나 똑같당께."

산 아랫마을에 사는 사람들에게 사상이라는 것은 인민군이 마을에 들어오면 인공기를 흔들며 환영하는 것이고, 군인이 들어오면 이승만 대통령 각하 만세를 외치는 것이었다. 하나뿐인 목숨을 지키기 위해서 밤에는 좌익이 될 수 있고 낮에는 우익이 될 수도 있는 일이었다. 그러니 어느 하나를 마음에 품어서도 좋아서도 안 되는 것이었다. 그들은 단순한 무지렁이들이 아니라 소중한 목숨을 그렇게 지켜 낼 줄 아는 현명한 이들이었다.

어머니는 이미 절반쯤 혼이 나가 있었다. 송애는 치맛자락으로 어머니의 발을 닦고 고무신을 신겼다.

"총소리가 났는디 이렇게 넋 놓고 있을 일은 아닌 것 같은디요."

"그렇께요. 날 저물기 전에 찾아보는 것이 좋겠소."

"그럽시다."

결국 마을 사람들은 몇 명씩 총소리가 난 방향으로 향했다.

시간이 얼마나 흘렀을까, 피범벅이 된 길수 아재가 업혀 돌아왔다. 어깨에 총을 맞고 혼절한 상태였다. 또 얼마간의 시간이 흐르고 누군가 얼빠진 모습으로 걸어왔다. 조성댁의 남편 삼열 아재였다. 조성댁은 와락 달려들어 남편의 몸을 이리저리 살폈다.

"다른 사람들은 어찌 됐다요?"

사람들이 삼열 아재를 둘러쌌다. 그는 좀처럼 입을 열지 못하고 바들바들 떨기만 했다. 누군가 빨리 말 좀 해 보라고 다그쳤다.

"나보고 뭔 일하는 사람이냐고 물어서, 국민핵교 서기라고 한께 그냥 보내 줬어라. 뒤도 안 돌아보고 도망쳐 오는디 초, 총소리가……."

삼열 아재는 더 말을 잇지 못하고 주저앉아 버렸다.

"참마로 다른 사람들은 다 변을 당한 것이여?"

"겁 줄라고 쏜 것인지도 모른께 기다려 봅시다. 나머지 사람들도 살아서 돌아올 것이요, 암만."

조성댁이 다른 가족들을 달래듯 말했다.

하나, 둘, 셋, 넷…… 송애는 동네 어귀를 바라보며 숫자를 세기 시작했다. 야산대도 아버지를 살려 보냈는데 하물며 우리 군인들이 나쁜 짓을 할까. 길수 아재가 총을 맞고 돌아온 까닭은 섣부른 행동을 해서인지도 모른다. 다섯, 여섯…… 어쩌면 총소리는 도망치는 길수 아재를 향해 쏘아진 것일 수도 있었다.

가악가악! 멀리서 까마귀가 울었다. 누군가 얕은 탄식을 뱉어 냈다.

까아악! 송애는 귀를 틀어막았다. 아버지 백까지 세기 전에 돌아오세요. 하나, 둘, 셋……. 천천히, 아주 천천히 숫자를 세기 시작했다. 백을 세지 않고 다시 처음으로 되돌아가기를 얼마나 했을까. 마침내 아버지가 돌아왔다. 다시는 송애의 손을 꽉 잡아 줄 수 없는 싸늘한 시신이 된 뒤였다.

한참 만에 정신을 차린 길수 아재 말에 따르면 군인들은 데려간 여섯 명을 산비탈에 몇 걸음씩 떨어뜨려 세웠다고 했다. 그런 뒤 이름과 하는 일을 물었고, 무슨 이유에선지 학교 서기인 삼열 아재를 보내 줬다고 했다. 그리고 죽창으로 남은 사람들의 목과 가슴을 찔렀다고 했다. 맨 끝에 서 있었던 길수 아재는 이래 죽으나 저래 죽으나 마찬가지란 생각에 무작정 도망쳤고, 그러다 군인들이 쏜 총에 어깨를 맞은 것이었다.

　마을 사람들은 서둘러 시신들을 수습했다. 네 구의 시신은 흰 광목천에 감겨 나란히 눕혀졌다.

　"눈 좀 떠 보씨요!"

　"아이고메! 원통해서 못 살겠네. 아이고오."

　시신을 감싼 광목천에 검붉은 핏물이 번졌다. 송애는 멍하니 광목천을 바라봤다. 핏물이 동백꽃잎처럼 느껴질 만큼 아버지의 죽음은 비현실적이었다.

　"송애야, 아부지한테 마지막 인사 올리거라."

　누군가 말했지만 송애는 고개를 흔들며 뒷걸음질 쳤다. 누에 고치처럼 둘둘 말려 누워 있는 사람이 아버지일 리가 없었다.

　"쯧쯧. 멧돼야지도 때레잡은 사람이었는디……."

　"아이고 참말로. 아까운 목숨들을 워쩔 것이여."

사람들은 허공을 응시하며 눈을 끔벅였다.

네 구의 시신은 장례도 치르지 못한 채 달구지에 실렸다. 그렇게 아버지는 거짓말처럼 송애 곁을 떠났다. 이틀 뒤, 어머니가 아랫배를 움켜잡은 채 피를 쏟았다. 세상이 궁금해 일찍부터 힘을 써 대던 배 속 아기도 그렇게 아버지를 따라갔다.

*

외삼촌이 달구지를 끌고 와 이삿짐을 실었다. 짐이라고 해 봐야 옷을 넣는 반닫이와 솜이불, 낡은 옷가지, 그릇 몇 개가 전부였다. 송애는 집안 곳곳에 남아 있는 아버지의 흔적을 눈에 아프게 담았다. 아궁이에 넣기 좋은 크기로 패 놓은 장작, 싸리나무로 촘촘히 엮은 닭장, 손때가 묻어 손잡이가 반질반질한 연장들…… . 살뜰하고 잔정도 많았던 아버지를 그대로 보여 주는 것들이었다.

"나머지는 내가 차근차근 옮길란다."

차마 발길을 돌리지 못하는 송애 마음을 알아차린 외삼촌이 어깨를 두드렸다.

외가 사정은 별반 나을 것이 없었다. 넉넉지 않은 살림에 군식구가 셋이나 늘었으니 앞으로가 걱정이었다. 그런데도 외숙모는 싫은 내색 한 번 없이 세 사람을 반겼다.

저녁을 먹고 나면 외숙모는 삼을 삼았다. 송애는 삼을 삼는 외숙모를 가만히 지켜봤다. 외숙모는 전짓대에 축축한 삼 가래를 걸어 놓고 삼을 한 가닥씩 이어 삼았다. 허벅지 위에 삼 꼬리 부분과 삼 머리 부분을 겹쳐 손바닥으로 눌러 비비면 삼이 꼬아지면서 이어졌다. 밤마다 이은 삼이 얼마나 될까, 외숙모의 허벅지는 한겨울에 붉게 튼 살갗처럼 거칠어져 있었다.

길쌈을 잘하면 살림에 큰 보탬이 된다고 했지만, 어머니는 길쌈을 할 줄 몰랐다. 보성 여자치고 길쌈을 아예 못하는 사람은 드문데 어머니는 바느질은 해도 길쌈은 엄두가 안 난다고 했다.

"외숙모, 저한테도 길쌈 좀 가르쳐 주실라요?"

외삼촌 댁에서 마냥 끼니만 축내고 살 수 없으니 어머니 대신이라도 배워야 한다는 생각이 들었다. 가만히 앉아 삼을 삼다 지치면 아무 생각 없이 쓰러져 잠들 수 있을 것 같기도 했다.

"요런 궂은일 배워 좋을 것 없응게 건너가서 잠이나 자소."

"궂은일 마다할 처지도 아닌디요."

송애는 저도 모르게 깊은 한숨을 내쉬었다.

"꽃다운 이팔청춘에 한숨이 깊으믄 쓴당가. 나는 송애가 하는 판소리가 듣고 싶은디, 언제나 들려줄 수 있을란고?"

외숙모는 삼 바구니를 밀쳐 두고 송애의 손을 잡았다. 손등을 부드럽게 쓸어 주는 손길이 송애를 지그시 바라보는 눈길만큼 따뜻했다. 문득 죽산 할머니가 떠올랐다. 박녹주와 김소희를 뛰어넘는 명창이 되어라 말해 주었던 할머니. 젊고 고운 외숙모를 보고 어짜자고 죽산 할머니가 떠오르는가. 송애는 도망치듯 외숙모 손을 놓고 일어나 밖으로 나왔다. 밤하늘에 촘촘히 박힌 별들이 시린 빛을 글썽이고 있었다.

◇◇◇

세상
참말로
얄궂다

◇◇◇

강수는 아궁이에 불을 지펴 밤새 미지근해진 방구들을 데웠다. 아궁이 안에서 활활 타는 불꽃을 보노라면 아무 생각도 나지 않아 좋았다. 무념무상의 수행은 굳이 깊은 산속이 아니라 바로 이 아궁이 앞에서도 얼마든지 가능할 일이었다.

　겨울 들어서 경찰은 몇 개의 마을에 소개령을 내렸다. 산사람들에게 식량이 조달되는 것을 막기 위해서였다. 학산의 가족도 강제로 거처를 옮기게 되었다. 그 소식을 들은 봉강은 자신 소유의 보성인쇄소 운영을 학산에게 맡겼다.

　학산 선생님이 읍내 인쇄소로 가기 전부터 강수는 공부를 거의 접어 버렸다. 이제 경찰 따위는 되고 싶지 않았다. 선생님이 강조했던 힘없는 사람을 위해 일하는 경찰은 존재하지 않는 듯했다.

강수는 땔나무 같은 사람이 되고 싶어졌다. 땔나무 같은 사람은 많이 배우지 않아도 될 수 있을 것 같았다. 이글거리는 불꽃이었다가 뜨거운 잉걸불이었다가, 마침내 하얗게 재만 남기고 사라지는 땔나무처럼 한평생 자신을 태우고 살다 가는 사람이 되고 싶어졌다. 학산 선생님이 바로 그런 사람이었다. 조국 광복을 위해 발로 뛰고 민족 자주 교육을 위해 모든 것을 바친 학산 선생님이야말로 이 시대의 진정한 땔감이었다. 그래서 강수는 언제든 학산 선생님 곁으로 가야겠다고 마음먹고 있었다. 되지도 않은 공부를 이어 하기 위해서가 아니라 학산 선생님의 손발이 되기 위해서였다.

그런데 가는 것을 차일피일 미루게 된 것은 소리 선생님과 송애 때문이었다. 선생님이 건강을 회복하고 송애가 다시 소리를 시작하는 것을 봐야 읍내로 갈 수 있을 것 같았다.

"이만하믄 따땃해졌겄제?"

강수는 잔불을 아궁이 안으로 깊이 쓸어 넣고 마당으로 나왔다. 아침부터 아까운 짚단을 태우는지 들판에 연기가 피어오르는 것이 보였다. 그때 누군가 골목길을 내달리며 소리를 질렀다.

"불이야! 양정원에 불이 났다!"

불이 났다는 소리를 듣고도 강수는 멀뚱히 서 있었다. 똑같은 소리가 다시 한번 들리자 방문이 벌컥 열리며 소리 선생님이 나왔다.

"양정원에 불이 났다고 들은 것 같은데, 내가 잘못 들은 것이 아니지야?"

방문을 박차고 나온 선생님을 얼마 만에 보는지 기억이 안 났다. 강수는 멍하니 선생님을 바라보며 고개를 끄덕였다.

"이놈아, 뭣하고 섰느냐? 얼른 알아보고 오거라!"

선생님이 발로 마룻바닥을 쿵 내리찍었다.

그제야 정신을 차린 강수는 종쟁이들녘을 향해 내달렸다. 사람들이 사방에서 모여들고 있었다. 강수는 사람들 틈을 비집고 운동장으로 들어섰다. 벌써 다 타버린 양정원은 시커먼 숯덩이가 되어 잿빛 연기만 피워 올리고 있었다.

"이를 어쩐다냐. 아이고 선생님, 선생님!"

강수는 숯덩이가 된 건물 안에 학산이 있기라도 한 듯 팔짝팔짝 뛰었다. 양정원 천장 비밀 창고에는 학산이 보관해 둔 소중한 책과 자료들이 있었다. 그 아까운 것들이 다 타 버렸으니 학산 선생님이 사라진 것이나 다름없었다.

양정원은 독특한 구조로 지어진 건물이었다. 일본 순사가 예고 없이 들이닥쳤을 때를 대비해 출입문이 건물 뒤에 나 있었다. 건물 중앙 교실 칠판 앞에 서면 멀리 봇재가 한눈에 들어왔다. 봇재에서 흙먼지가 뿌옇게 일 때는 일본 순사가 말을 타고 오는 것이었다. 그러면 학생들은 교실 천장 비밀 창고에 우리말 책을 숨기거나, 또 어떤 때는 건물 뒤로 빠져나가 뒷산에 숨었다. 일본 순사가 학교에 도착할 때쯤에는 책상 위에 일본말 책이 놓여 있게 되는 것이었다.

해방될 무렵에 양정원을 다닌 터라 그 경험이 없는 강수였지만 그 얘기를 들을 때마다 자기가 일본 순사를 속이기라도 한 것처럼 통쾌했다. 보성뿐 아니라 장흥, 영암, 고흥, 완도, 강진에서까지 배우러 오는 학생들을 품었던 양정원. 1940년 개교했을 때부터 1947년 폐교할 때까지 단 한 번도 일장기나 휘호를 걸지 않고 학생들에게 민족의식을 심어 주었던 양정원. 더는 학생들을 불러올 수 없어도 이곳을 거쳐 간 모든 이에게 언제까지 자랑스러운 모교로 남아야 할 양정원이었다.

"학산 선상님이랑 다른 선상님들이 아그들 갈친다고 밤낮으로 애썼는디 참말로 아쉽구먼."

"공짜로 갈쳐 주고 약도 주고 먹을 것도 주고, 요런 고마운 핵교가 시상에 어딨당가."

"여그 지나댕길 때마다 우리 아그들 공부한 것이 생각나서 마음이 오졌는디, 요라고 홀랑 타분 것을 본께 눈물이 다 난단 말이시."

어른들에게도 학교 이상의 의미를 가진 곳이었다. 이렇게 재로 변해 버린 사실을 다들 받아들이기 힘든 얼굴이었다.

강수는 일단 봉강마을로 달려갔다. 양정원을 지을 때 땅과 거금을 쾌척한 봉강 선생님 댁에 먼저 알려야 한다는 생각이 들었다. 그 댁에 알리면 읍내에 있는 학산 선생님께 금방 연락이 닿을 터였다.

숨을 헐떡이며 거북정에 들어섰다. 봉강은 굳은 얼굴로 종쟁이들녘을 바라보고 있었다.

"학산 선생도 알고 있네."

봉강은 누구에게도 함부로 말을 놓지 않았다. 그것만으로도 봉강의 인품을 알 수 있었다.

"예?"

"내가 벌써 알렸단 말이시."

거북정은 종쟁이들녘이 훤히 내다보이는 명당에 자리하고 있었다. 그러니 봉강은 양정원 화재를 누구보다 먼저 목격했을 것이었다.

"자네는 누가 양정원을 지웠다고 생각하는가?"

누가 불을 냈겠냐는 게 아니라 누가 지웠다고 생각하냐니, 강수는 고개를 갸웃했다.

"앞으로는 나와 학산을 지우려고 할 것이네."

봉강은 괴로운 듯 눈을 지그시 감아 버렸다.

영성 정씨 가문은 전라도에서도 손꼽히는 명망 높은 가문이었다. 봉강 정해룡은 임진왜란 7년 동안 이순신 장군과 함께 왜적으로부터 나라를 구한 반곡 정경달 선생의 13대손이었다. 일찍

아버지를 여읜 봉강을 키운 사람은 할아버지인 정각수 어른이었는데 그는 상해임시정부에 거액의 독립 자금을 직접 전달하기도 했다. 나라를 위해 가산을 내놓는 것을 아끼지 않았던 조부처럼 봉강 또한 항일 운동 자금과 보성전문학교, 양정원의 설립 자금을 대는 일에 앞장섰다. 해방 후에는 집안의 노비 문서를 불태우고 노비들에게 땅을 나눠 주는 등 보통의 지주 가문과는 확연히 다른 삶을 살아가고 있었다.

학산과 봉강은 나이 차이가 크게 났지만, 서로 뜻이 통해 정신적인 동지로 지내는 관계였다. 두 사람은 일신의 안위보다 나라의 안위를 먼저 걱정하고 어지러운 세상에 기꺼이 몸을 내던지는 사람들이었다. 그런 분들을 지울 거라니, 무슨 수수께끼 같은 소리인가.

답답한 마음으로 거북정을 나온 강수는 다시 양정원으로 걸음을 옮겼다. 현장을 꼼꼼히 살피다 보면 조금이라도 단서가 될 만한 것을 찾을 수 있을지도 모른다는 생각이 들었다.

논두렁에서 사람들 셋이 발걸음을 멈추고 잿더미를 바라보고 있었다. 혹시 뭐라도 얻어들을 말이 있을까 싶어 귀를 쫑긋 세웠다.

"설마 경찰이 그랬을라고?"

"사람들을 집에서 쫓아내고 불을 지른 놈들 아니여? 양정원이 산사람들 은신처가 된다고 못마땅해 했는디 뭔 짓을 못하겄어."

"어허, 이 사람아. 빨갱이로 몰려서 죽고 싶지 않거들랑 입조심하소."

곡괭이를 지팡이 삼아 짚고 있던 사람이 강수를 보고는 헛기침을 했다. 강수는 못 들은 척 딴청을 피웠다.

"무당들 짓이란 말도 있어. 학산 선생이 미신 타파 얘기를 하고 다녔다고 앙심을 품었을랑가도 모르제."

"그나저나 인자 이 땅은 어찌 될랑가?"

"원래 봉강 집안 땅인께 그 댁에서 다시 논으로 맨들어서 소작을 내놓지 않겄어?"

"맞는 말이시. 양정원 문 닫고 나서 이 문전옥답을 놀리고 있는 것이 아까웠는디."

"말 나온 김에 당장 거북정으로 가 보세."

세 사람은 봉강마을을 향해 바삐 걷기 시작했다.

강수는 사람들 말을 되짚어 보았다. 일단 무당들이 앙심을 품었을 거라는 말은 억측일 가능성이 컸다. 이미 폐교가 된 양정원이 불타 없어진다고 해서 무당들이 얻는 이득은 아무것도 없었다. 그렇다고 경찰 쪽에서 불을 냈을 거라는 말도 납득하기 어려웠다. 버려진 양정원을 굳이 흔적까지 없애야 할 이유가 있을까? 정말로 이곳이 빨갱이들의 은신처가 되고 있다면 빨갱이를 잡는 덫으로 역이용할 수도 있지 않은가.

　하지만 의문이 드는 건 경찰이 코빼기도 안 비치고 있다는 것이었다. 불이 났으면 방화범이 누군지 조사하는 것이 당연한 일이다. 청년단을 보내 사람들을 해산시킨 것 말고 아직 경찰 쪽에서 별다른 관심을 보이지 않는 것이 이상했다. 경찰이 양정원을 탐탁지 않게 생각하는 것만큼은 분명한 사실인 듯했다.

　강수는 잿더미만 남은 양정원을 천천히 둘러보았다. 교육 기관으로서의 인가가 취소되고 더는 학교로서의 존재 의미가 없다고는 해도 이렇게 흔적도 없이 사라져 버리면 안 되는 곳이다. 양정원이 사라진 것은 자랑스러운 민족 교육의 역사가 사라진 것이다. 이곳을 거쳐 간 수많은 사람의 땀과 열정이 증발해 버린 것이다. 학산 선생님과 봉강 선생님이 사라지는 것이다. 분함과 안타까움이 뒤죽박죽된 마음으로 걸음을 옮겼다. 정말로 경찰 쪽에서 불을 질렀다면 그냥 있지 않을 생각이었다.

회천지서 앞에는 청년단들이 모여 있었다. 뭐라고 한참 떠들어 대던 그들은 강수를 보더니 입을 닫았다. 강수는 눈치를 보다 방화 사건에 대해 넌지시 물었다. 그러자 그들은 어이없다는 듯 피식 웃을 뿐이었다.

"방화 사건? 이놈 보소, 경찰이 한가한 줄 아는 모양이네."

"빨갱이 잡느라 애쓰는 경찰이 학교도 뭣도 아닌 곳에 불났다고 신경 쓸 시간이 어딨겠냐? 잉?"

"양정원이 쩌그 서울대학교라도 되는갑제."

그들은 강수를 보며 킥킥거렸다. 성질 같아서는 머리통으로 얼굴을 들이박고 싶었지만, 소리 선생님을 생각하며 꾹 참았다. 이런 상황에서도 '참을 인' 자를 되뇔 수 있는 건 소리 선생님 덕분이라는 생각이 들었다.

"참, 너 경찰 될라고 학산 선생한테 공부 배우고 있지야?"

키가 땅딸막한 남자가 물었다. 설마 학산 선생님 뒤라도 캐고

97

다니는 것인가.

"그래서 말인디 우리가 임무를 하나 주믄 해 볼래, 어쨀래?"

그는 서글서글 웃음까지 비추며 물었다.

경찰이 되고 싶다는 마음은 진작 접었지만, '임무'라는 말에 강수는 그만 귀가 솔깃해졌다.

"뭔 임무인디요?"

"너 소리꾼 집에서 먹고 자고 한담서야. 요거 갖고 가서 소리꾼 도장 살째기 찍어 오는 것이 임무다."

그가 품속에서 누리끼리한 종이를 꺼내 들이밀었다.

"도장을 살째기 찍으라는 것은 존 일이 아닌 것 같은디요?"

"살째기 찍든 콱 찍든 그냥 찍어 갖고 오믄 돼야. 아무튼 요것은 보도연맹 서약서라는 것인디, 여그다 도장만 찍으믄 양식도 공짜로 받고 고무신도 공짜로 얻을 것이여."

"보도연맹이 뭣이다요?"

강수는 여전히 의심의 눈초리를 거두지 않았다.

"긍께 그 뭣이냐……, 나라에서 특별히 보호하고 도와줘야 하는 사람들의 단체다 이 말이제."

그래서 양식을 공짜로 주고 고무신도 공짜로 주는 것인가? 강수는 고개를 끄덕였다. 그런데 그렇게 이해하고 나니 갑자기 자존심이 상했다. 소리 선생님을 힘없고 불쌍한 사람으로 여기는 것 같아 기분이 좋지 않았다.

　"우리 선생님이 어디가 어때서 도움을 받아야 한다요?"

　"아따, 공짜 싫다는 놈은 첨보네잉. 소리꾼이 겁나 깐깐허고 자존심도 세다고 들었는디 이놈도 똑같네야. 이라고 따지고 들라믄 냅둬라. 니 말고도 이 임무를 맡을라 할 사람 많고, 나라의 특별 대우를 받는 것을 자랑스럽게 생각할 사람들도 겁나게 많은께."

　남자는 보도연맹 서약서라는 것을 도로 거둬들였다. 그러자 강수의 마음은 왔다 갔다 흔들렸다. 소리 선생이 몸져누운 뒤로 강수 마음은 여간 무거운 게 아니었다. 당장 굶을 일은 없었지만 이러다 선생님이 영영 기운을 못 차리면 어쩌나 걱정이 되었다. 그렇다고 선생님 몰래 도장을 찍어 간 게 발각되면 분명 불호령이 떨어질 것이었다. 자신은 형편이 어려운 사람에게 공짜로 소리를 가르칠지언정 이유 없는 공짜 식량을 넙죽 받을 분이 아니었다.

"누가 안 한다고 했어라?"

강수는 한 글자도 읽을 수 없는 한문투성이 누런 종이를 받아 들었다. 일단 가져가서 광주댁과 의논하고 도장을 받아 볼 생각이었다.

*

외삼촌이랑 함께 산에 갔던 병삼 아재가 혼비백산해서 돌아온 건 점심때가 지나서였다. 혼자 돌아온 그를 보자마자 송애는 외삼촌에게 일이 생겼음을 직감적으로 알아차렸다. 병삼 아재 입을 틀어막고 아무 말도 못 하게 하고 싶었다. 하지만 병삼 아재는 기어이 외삼촌에게 일어난 변고를 얘기하고야 말았다.

"시방 뭣이라 그랬소?"

도무지 기운을 차리지 못하고 누워만 있던 어머니가 벌떡 일어나 마루로 나왔다.

"산사람들이 상길이를 끌고 가부렀당께요."

병삼 아재는 발을 동동 구르며 울상을 지었다. 그때 물동이를 머리에 인 외숙모가 마당으로 들어섰다.

"총을 든 사람들이 한둘이 아니었어라우. 나만 이렇게 도망쳐 와서 미안하구만요. 참말로 미안하구만요, 으흐흑."

병삼 아재는 죄인처럼 무릎을 꺾었다.

낯빛이 하얘진 외숙모가 몸의 중심을 잃고 휘청였다. 그 바람에 머리에 인 물동이가 떨어지면서 와장창 깨졌다. 쏟아진 물이 사방으로 튀었다. 송애는 얼른 달려가 외숙모를 부축했다.

외삼촌과 병삼 아재가 잠시 거리를 벌리고 약초를 찾는 사이에 일어난 일이었다고 했다. 서로 너무 멀어진다 싶어 퍼뜩 정신을 차리고 외삼촌을 찾으니, 산사람들이 외삼촌에게 총구를 겨누고 있더라고 했다. 너무 놀란 병삼 아재는 저도 모르게 나무 사이에 몸을 숨기고 숨을 죽인 것이었다.

"으흐흑. 상길이는 나랑 같이 있는 것을 숨기고 혼자 잽혀간 것이어라."

병삼 아재는 푹 떨군 고개를 들지 못했다. 하지만 혼자 맨몸으로 달려들 수 없었을 그를 누구도 탓할 수 없었다. 더구나 그는 외삼촌을 걱정해서 일부러 함께 산에 가 준 것이었다.

"아이고오, 내 팔자가 왜 이리 사나울끄나. 이 작은 나라에서 우익이다, 좌익이다 뭔 짓이여! 내 남편이 뭔 죄를 지었다고 죽이고, 내 동상은 왜 데려가냔 말이여!"

어머니는 저고리가 풀어지도록 가슴을 쥐어뜯으며 울부짖었다. 맥을 못차려 외삼촌을 산에 보내놓고 그 기운이 어디서 솟아난 건지, 송애는 별안간 화가 솟구쳤다.

"그렇께 진작 좀 기운 차리고 일어나제 그랬어! 그랬으믄 외삼촌이 산에 갈 일도 없었을 거 아니여!"

송애는 어머니를 향해 바락바락 소리를 질렀다. 그러지 않으면 가슴이 터져서 죽어 버릴 것 같았다.

"어머니한테 그러지 말어. 외삼촌은 꼭 돌아오실 것잉께."

외숙모는 도리어 송애를 달랬다.

낮이라도 깊은 산속에 들어가는 것은 위험한 일이었다. 그런데도 외삼촌은 좀처럼 기운을 차리지 못하는 어머니를 위해 약초를 캐 오겠다며 나섰다. 산사람들은 주로 밤에 움직이니까 훤할 때 얼른 갔다오면 된다고 생각한 것이었다.

어머니는 이튿날부터 자리를 털고 일어났다. 어머니에 대한 원망은 사립문 앞을 서성이는 외숙모를 볼 때마다 불쑥불쑥 고개를 쳐들었다. 이 모든 일들은 만석이 때문도 아니고 어머니 때문도 아니었다. 그걸 알면서도 송애는 자꾸만 악에 받쳐 아무에게나 원망을 쏟아내고 싶었다.

"만석아, 솔가리 긁으러 가자."

"나 놀러 갈란디."

"아까 나가서 그만큼 놀았으믄 됐제, 또?"

"솔가리도 어저께 긁었는디 또 긁어?"

"누나랑 말장난하자는 거여? 잔말 말고 따라와!"

버럭 소리를 내지르자 만석이는 입술을 쭉 내밀었다. 비록 고사리손일지라도 솔가리를 긁는 갈퀴질만큼은 만석이가 돕고 안돕고의 차이가 컸다. 또 그리 힘든 일이 아니어서 송애는 일부러 만석이에게 갈퀴질을 시켰다.

못마땅해하는 만석이를 억지로 끌고 사립을 막 나가려는데 낯선 남자가 불쑥 집으로 들어왔다. 팔에 청년단을 뜻하는 완장을 차고 있었다.

"어른들 있냐?"

"우리 어머니랑 외숙모는 일하러 가셨는디요. 그래서 우리도 솔가리 긁으러 갈라고요."

만석이가 쪼르르 일러바쳤다.

"아따, 착허다. 느그들이 채상길이 조카제?"

경찰은 외삼촌처럼 억지로 끌려간 사람일지라도 공산주의가 좋아 제 발로 들어간 입산자와 똑같이 여겼다. 일림산 자락에서 기웃거렸다는 이유로 빨갱이로 몰려 억울하게 죽은 순태 오빠처럼, 외삼촌은 이제 빨갱이가 된 것이었다.

"이리 잠깐 앉아 봐라."

남자는 마루에 마음대로 걸터앉으며 손짓을 했다. 송애는 남자의 입에서 외삼촌 이름이 나온 것이 못내 불안했다.

"어른들 계실 때 오시믄 좋겠는디요."

"아따, 아직 여물지도 않은 것 같은디 내외를 할 줄 아네잉."

벌떡 일어난 남자는 한 발짝 뒤로 물러나는 송애를 토방 위로 끌어올렸다. 그런 뒤 송애의 엄지손가락에 빨간 인주를 묻혀 두 장의 종이에 꾹 눌러 찍었다.

"잘 들어라이? 느그 엄니랑 외숙모는 오늘부터 보도연맹원이여. 보도연맹 결성식이 모레 회천 서국민핵교 운동장서 열릴 것잉께 그날 아침 일찍 나오라고 전해야 쓴다. 알아들었냐?"

송애를 위아래로 훑어본 남자는 음흉한 웃음을 흘리고는 그대로 돌아갔다.

송애는 몸을 움츠리며 몸서리를 쳤다. 남자의 시선이 팔다리에 송충이처럼 붙어서 꿈틀거리는 것 같았다. 무엇인지도 모를 종이에 지장을 찍은 것도 마음에 걸렸다.

송애는 그만 만석이를 놓아주었다. 만석이가 강중거리며 놀러 나가자 강수가 찾아왔다. 용실과 작별 인사도 못 하고 헤어진 뒤로 강수는 송애가 마음을 털어놓을 수 있는 유일한 친구였다. 그렇지만 송애는 강수를 보고 싶지 않았다. 강수를 보면 아무 일도 일어나지 않았던 때가 떠올랐다. 용실과 함께 웃고 노래하던 때가 떠올랐다. 깊이 묻어 버린 꿈이 꿈틀거렸다.

"어저께는 선생님이 득음 폭포에 올라갔다 오셨다잉."

송애는 스승님이 기운을 차리셨다는 말에 눈물이 핑 돌았다. 판소리는 하루를 쉬면 나 자신이 알고, 열흘을 쉬면 스승님이 알고, 한 달을 쉬면 듣는 이가 안다고 했다. 조카를 잃은 충격으로 오랫동안 목을 쉬었으니 얼마나 지독하게 독공을 하실지 짐작이 되었다. 이미 득음한 스승님이 그러실진대, 소리를 하다 쉬다 한 내가 목을 틔우려면 피를 얼마나 토해야 할까. 송애는 다시 시작할 힘이 없었다.

"너도 인자 그만 기운을 내야제."

강수가 눈치를 살피며 말했다.

"양정원에 불낸 사람은 아직 못 찾았다든?"

송애는 일부러 말을 돌렸다. 회령을 떠나 스승님이 계신 이곳 도강마을로 온 지 벌써 넉 달이 되어 갔다. 그런데도 송애는 일부러 스승님을 뵈러 가지 않았다. 앞으로도 그럴 생각이었다.

양정원 화재 소식을 듣고 누구보다 슬펐지만 송애는 가 볼 수가 없었다. 배우려고 찾아오는 사람이면 아무리 밤늦은 시간이라도 반겼던 학산 선생님, 그런 학산 선생님과 뜻을 같이했던 훌륭한 선생님들. 수많은 이의 땀과 열정으로 세워진 양정원이 잿더미가 된 모습을 차마 볼 수 없어서였다.

"힘든 니 속을 내가 왜 모르겠냐. 그래도 너는 소리를 해야 살

아. 소리를 해야 다시 일어설 수 있다고."

강수는 애원하는 눈빛으로 송애를 바라봤다.

"내가 무당이 될까 봐 무서운갑네."

송애는 강수가 화를 내기 전에 부엌으로 들어가 버렸다. 아버지와 함께 득음 폭포에 올라갈 수 있다면……. 다 큰 딸을 업어 주던 아버지의 넓은 등이 너무도 그리웠다.

*

코끝을 스치는 바람에 봄이 느껴졌다. 가지 끝에 매달린 겨울 눈들은 비늘 옷을 한 겹씩 벗고 연분홍 꽃망울을 터트렸던 진달래도 금세 연한 잎사귀를 내밀기 시작했다.

멀건 보리죽 한 그릇으로 배를 채운 만석이가 아침부터 진달래를 따러 가겠다고 고집을 부렸다. 한 아름 따 먹어 봐야 배도 안 부르는 데다 벌써 잎사귀가 나오고 있는 꽃을 먹으면 오히려 배탈이 나는 수가 있다. 그래도 엄마나 외숙모 앞에서 배고픈 투정을 안 부리는 만석이가 기특해 부드럽게 타일렀다.

"지서에 빨갱이 쳐들어왔단 말 못 들었냐? 산에서 빨갱이라도 만나면 어쩔라고 그런디?"

"글믄 우리 외삼촌 보내 주라고 해야제."

당돌한 만석이 말에 송애는 그만 피식 웃고 말았다.

얼마 전 회천 지서가 산사람들의 습격을 당했다. 그날 지서장 생일이라 술도가에서 다들 술을 거나하게 마셨다는 뒷말이 있었다. 경찰 두 명과 보초를 서던 청년단 세 명이 죽창에 찔려 죽고, 관사에서 자고 있던 지서장은 겨우 도망쳐 목숨을 구했는데 곧 징계당할 거라고 했다. 그 일로 경찰과 토벌대는 주변 산자락을 철저히 수색했고 지서장은 독이 바짝 올라서 애먼 사람들을 잡아다 족쳤다.

"힝, 심심한디 하루 종일 어쩌라고."

만석이는 풀이 죽어 방으로 들어가 버렸다.

아버지가 살아 계셨더라면 만석이는 올해부터 회천 서국민학교에 다닐 수 있을 것이었다. 또래들과 같이 입학시켜 주지 못한 것을 내내 미안해하며 아버지는 올해를 기약했다. 땅 한 평 갖지 못한 소작농이었지만 송애와 만석이를 위해서라면 몸이 부서져도 좋다고 했다. 영영 지켜질 수 없게 된 아버지의 약속을 외삼촌이 지켜 주겠노라 약속했는데 이제는 그조차 불확실해지고 말았다. 아침마다 책보자기를 등에 두르고 학교에 가는 아이들을 부럽게 쳐다보는 만석이를 볼 때마다 송애는 가슴이 아렸다.

보도연맹원이 된 뒤로 어머니와 외숙모는 일주일에 한두 번씩 불려 나갔다. 미리 허락을 구하지 않고는 회천면을 마음대로 벗어날 수도 없었다. 알고 보니 보도연맹은 좌익 사상을 가진 사람들의 전향을 목적으로 만들어진 단체라고 했다. 좌익에 가담한 전력이 있는 사람, 산사람으로 활동한 사람, 그들에게 도움을 준 사람들에게 과거를 묻지 않고 선처하겠다며 정부는 보도연맹 가입을 유도했다. 실제로 그 말을 믿은 수많은 사람이 자수해 보도연맹원이 되었다. 하지만 그저 평범한 사람들이 보도연맹원이 된 경우도 많았다. 가족이나 먼 친척 중에 입산자가 있다는 이유로, 경찰이나 청년단들에게 잘못 보였다는 이유로 보도연맹원이 되기도 했다. 심지어는 자신이 보도연맹원이 됐는지도 모른 채 보도연맹원이 된 어처구니없는 일도 있었다.

이제 어머니와 외숙모는 빼도 박도 못 하는 좌익이 된 것이었다. 만약 그때 억지로 버티고 지장을 찍지 않았더라도 결국엔 그 덫에 걸리고 말았겠지만, 송애는 자기 때문에 어머니와 외숙모가 보도연맹원이 된 것 같아 괴로웠다. 보도연맹원이라는 족쇄가 앞으로 어떤 화를 불러올지 몰라서 무서웠다.

송애는 봇재를 향해 고개를 돌린 채 버릇처럼 한숨을 지었다. 외삼촌을 뺏긴 뒤로 봇재를 바라보는 일이 많아졌다. 학산 선생님마저 읍내에 계시니 가슴의 구멍이 점점 더 커지는 것 같았다. 회천면에 계실 때도 자주 뵐 수 있었던 건 아니었지만 지척에 있다는 것만으로도 든든한 존재가 되어 주신 분이 학산 선생님이었다.

'읍내가 천 리 길도 아닌디 뭐…….'

송애는 자꾸만 처지는 마음을 다독거리며 빨랫감을 주워 모았다. 마음이 답답할 땐 청소든 빨래든 몸을 움직이는 게 최선이었다.

"누나 빨래하러 갈란다."

"……."

토라진 만석이는 대꾸도 하지 않았다. 그냥 혼자 두고 빨래터로 가려는데 어머니랑 외숙모가 돌아왔다. 일찌감치 지서에 불려 갔다 온 두 사람 표정이 평소보다 더 어두웠다.

"자기 형이랑 형수가 빨갱이 손에 죽었응께 눈에 불을 켜고 있을 것이네."

"강 부자 내외 말이지요? 그분들은 인심을 잃고 살지는 않았다고 들었는디, 참 안됐어요."

"죽산 아짐 발끝도 못 따라갔네만 욕은 안 먹고 살았제. 동생 딸도 친딸맹키로 키웠고. 그나저나 새 지서장이 만석이를 콕 찍어 말한 것이 자꼬 맘에 걸린단 말이시."

두 사람 말에 귀가 번쩍 뜨였다. 용실이 돌아온 것이다. 모처럼 미소가 지어졌다. 용실을 다시 만날 수 있다니, 가슴이 기분 좋게 두근거렸다. 아주 오랜만의 일이었다.

*

송애는 당장이라도 용실을 만나러 가고 싶었다. 하지만 마음과 달리 발길이 쉽사리 떨어지지 않았다. 억지로 끌려간 것이라

해도 외삼촌은 이제 산사람이었고 아버지 또한 빨갱이를 도왔다는 죄목으로 돌아가셨다. 우익에 원한이 있는 송애와 반대로 용실은 야산대에 의해 큰아버지와 큰어머니를 잃었으니 좌익이라면 치가 떨릴 것이었다. 송애는 이제 자신의 의지와 상관없이 용실과 반대편에 서 있었다. 용실 또한 마찬가지일 것임을 알기에 망설여지는 것이었다.

예전 같으면 별일 아닌 일로 토라졌다가도 하루를 못 참고 먼저 놀러 오곤 했던 용실이었다. 용실에게도 분명 마음에 거리낌이 생긴 것이다. 단짝 친구가 도강마을로 이사 갔다는 것을 몰라서 안 오는 것이 아니라는 생각이 들었다.

머뭇거리는 사이 봄이 지나고 있었다. 송애는 외숙모가 지서에 불려 갈 때도 따라가지 않았다. 지서장이 거처하는 관사 청소를 하고 온 날에도 용실에 대해 궁금해하지 않았다. 그런데 외숙모가 먼저 용실이 얘기를 꺼냈다.

"송애랑 지서장 딸이랑 친한 친구라고 어머니가 말씀하시든디, 친구 안 보고 싶은가?"

밥 짓느라 아궁이에 불을 지피고 있는 송애에게 외숙모가 물었다. 송애는 대답 없이 솔가리만 더 밀어 넣었다. 화르르 불꽃이 커지면서 밥물이 끓어 넘쳤다.

"외숙모, 저는 밥 냄새가 세상에서 젤로 좋당께요."

송애는 딴소리를 하며 솥뚜껑을 벙그렸다. 열린 솥뚜껑 사이로 김이 올라오면서 밥 냄새가 확 퍼지자 외숙모가 갑자기 입을 막고 마당으로 뛰어나갔다.

"외숙모, 왜 그래요? 속이 안 좋아요?"

"아, 아니다."

"체했당가요? 그러면 손꾸락 따 드릴게요."

송애는 방으로 들어가 반짇고리에서 바늘을 꺼냈다. 외숙모는 괜찮다며 고개를 젓고는 찬물을 들이켰다. 그렇잖아도 핼쑥한 얼굴에 핏기가 더 없어 보였다.

괜찮다던 외숙모는 저녁 밥상 앞에서 다시 구역질했다. 입을 틀어막으며 나가는 외숙모를 보고 어머니가 따라 나갔다.

'어째서 안 들어오실까?'

송애는 걱정이 되어 밖으로 나가 보았다. 골목 위쪽에서 어머니 목소리가 들려왔다. 흐느낌 소리도 들렸다. 뒷산으로 올라가는 골목 끝 땅바닥에 어머니와 외숙모가 주저앉아 있었다.

"어떡해요, 성님. 전 이제 그이를 볼 낯이 없어요. 으흐흑."

"그놈이 죽일 놈이제 자네가 뭔 잘못이 있겠는가. 아이고 불쌍헌 사람아, 아이고오……."

어머니가 야윈 가슴을 퍽퍽 두드렸다. 그 옆에서 외숙모는 어깨를 들썩이며 흐느꼈다.

가슴이 철렁 내려앉으면서 지서장의 얼굴이 떠올랐다. 설마! 머릿속에서 생각조차 하기 싫은 끔찍한 일이 그려졌다.

"자네는 내일 날 밝기 전에 친정으로 가소. 가서 맘 단단히 묵고 애기 낳으소."

어머니가 외숙모 어깨를 붙잡고 설득했다.

"그럴 수 없어요. 어떻게 그런……."

"여그 있으믄 그 육시럴 놈이 자네를 끝까지 욕보일 것이네. 그렁게 뒷일은 걱정 말고 내 말대로 하란 말이시."

어머니는 그예 외숙모의 가슴까지 퍽퍽 치며 울먹였다.

다리가 후들거리면서 걷잡을 수 없는 분노가 올라왔다. 앞으로 외숙모를 볼 수 없을지도 모른다는 생각에 눈물이 솟구쳤다.

송애는 어머니와 외숙모가 일어나기 전에 간신히 몸을 돌렸다.

외숙모가 친정으로 떠난 뒤 송애는 어머니와 자신이 겁탈당하는 꿈을 꾸었다. 욕정에 가득 찬 지서장이 어머니의 옷을 찢고 번들거리는 입술로 어머니의 알몸을 핥았다. 지서장의 더러운 입술이 닿은 몸에 구더기가 들끓었다. 어머니의 살과 뼈를 파먹은 구더기들은 송애의 몸으로 기어오르더니 다시 지서장의 손가락이 되어 송애의 엉덩이를 움켜쥐었다. 잘 보아라, 용실아. 이년은 빨갱이다. 송애까지 욕보인 지서장 말에 용실은 뾰족한 돌멩이를 주워 송애에게 던졌다. 더러운 빨갱이 년!

송애는 그런 끔찍한 꿈을 여러 번 꾸었다. 용실은 점점 더 크고 뾰족한 돌을 던졌고, 송애는 아무 말도 못 한 채 몸부림치다 깨어나곤 했다.

외숙모를 숨긴 어머니는 하루걸러 매질을 당하고 돌아왔다. 피멍이 들어 돌아온 어머니의 눈빛은 매서웠다. 하지만 어머니가 언제까지 매질을 견딜 수 있을지 알 수 없었다. 그렇다고 친정으로 간 외숙모가 다시 돌아오기를 바랄 수도 없는 일이었다.

악몽 같은 일주일이 지났다. 끔찍한 매질로부터 어머니를 살린 건 영천제에 떠오른 한 구의 시신이었다. 친정으로 떠난 줄 알았던 외숙모가 영천제에 몸을 던진 것이었다.

"독한 년!"

외숙모의 시신을 확인한 지서장은 침을 찍 뱉었다. 그리고 까마귀밥이 될 때까지 시신을 그대로 버려두라고 엄포를 놓았다. 지서장의 엄포 때문인지 누구도 시신을 거두려고 하지 않았다. 송애는 어둑해지도록 외숙모를 지켰다.

'천지신명님. 꽃 같은 우리 외숙모, 아무도 꺾지 못하게 가시가 있는 꽃으로 피어나게 해 주시오.'

송애는 저주의 말을 수백 번 삼키며 외숙모의 명복을 빌었다. 악마를 저주하는 말로 외숙모를 위한 애도를 망치고 싶지 않았다. 지금은 착하고 고운 외숙모를 잘 보내 드리는 일이 먼저였다.

날이 어두워지자 시린 별이 하나둘 돋아났다. 컴컴한 골목에서 누군가 지게를 메고 내려왔다. 외삼촌과 함께 약초를 캐러 갔다가 혼자 돌아온 병삼 아재였다. 병삼 아재는 외숙모를 삼베에 곱게 싸 지게에 지고 뒷산으로 올랐다. 송애는 말없이 그 뒤를 따랐다. 병삼 아재가 걸음을 멈춘 곳에는 강수가 기다리고 있었다.

외숙모는 봉분도 없이 묻혔다. 달빛 아래에서 송애는 외숙모가 묻힌 자리를 확인하고 또 확인했다.

이튿날 아침, 송애는 하얀 찔레꽃을 꺾어다 외숙모가 누운 자리에 꽂았다. 찔레 가시가 외숙모를 지켜 줄 수 있을 것 같았다.

"관음~~~보~~~살~ 춘초는 연년히 푸르건만 왕손~도 귀불~리라……."

송애는 상엿소리를 불렀다. 외숙모를 위해 할 수 있는 처음이자 마지막 소리였다. 나지막한 상엿소리가 활성산 산등성이를 타고 울리기 시작했다. 꾸르륵 꾸륵. 그 까닭을 안다는 듯 산새들의 구슬픈 울음이 이어졌다.

*

외삼촌이 돌아온 건 그로부터 보름 뒤였다. 얼굴에는 산적마냥 수염이 덥수룩했고 살은 쑥 빠져 있었다. 한참 만에 외삼촌을 알아본 송애는 그대로 얼어붙어 버렸다.

"송애야, 외삼촌 왔다."

외삼촌의 눈은 바쁘게 집 안 여기저기를 훑었다. 꿈에서도 그리고 그렸을 외숙모를 찾는 것이었다.

송애는 마른침을 목 안으로 넘겼다. 다시 집으로 돌아왔어도 외삼촌은 산사람이었다. 설령 자수한다고 해도 지서장이 가만두지 않을 것이며, 외숙모의 일을 알고 나면 자수 따위는 더더욱 하지 않을 것이었다. 그러니 무조건 외삼촌을 다시 산으로 돌려보내야 한다는 생각밖에 들지 않았다.

"외숙모랑 엄니는 어디 가셨냐?"

"보, 보도연맹 소집……."

"보도연맹?"

되묻는 외삼촌의 시선을 피하며 송애는 멍청히 고개를 끄덕였다. 어머니는 매질을 당한 자리가 낫기도 전에 불려 나갔다. 보도연맹원들은 요즘 날마다 산으로 가 나무를 베었다. 나무가 울창해지면 산사람들이 몸을 숨기며 이동하기 좋으니 벌목을 하는 것이었다.

외숙모를 애타게 찾는 외삼촌을 무슨 수로 그냥 돌려보낼 수 있을까. 어머니가 돌아오기 전에 외삼촌을 돌려보낼 방법이 뭐가 있을까. 청년단이 집 근처를 자꾸 순찰하고 있으니 빨리 도망가라고 해야 할까. 궁리할수록 머릿속이 하얘졌다. 애가 점점 타들어 갔다.

　"그동안 고생 많았제?"

　외삼촌은 투박한 손으로 송애의 머리를 쓰다듬었다. 외삼촌이 잡혀가지 않았더라면, 아니 조금만 빨리 왔더라면⋯⋯. 불쌍한 외숙모가 떠올라 울컥 목이 메었다.

　"어? 외삼촌!"

　속이 안 좋은지 자꾸 뒷간을 들락거리던 만석이가 바지를 추켜올리며 나왔다.

　"왜 지금 왔어? 더 빨리 오제 왜 지금 왔냐고!"

　"허허, 우리 만석이가 외삼촌을 겁나게 기다렸는갑네."

　"어엉!"

　"날마다 도망쳐 올라고 애를 썼는디, 맘대로 돼야 말이제."

　외삼촌은 울음을 터트리는 만석이를 번쩍 안아 올렸다.

"살려 내! 외숙모 살려 내란 말이여!"

만석이는 외삼촌 품에 안긴 채 발버둥 쳤다. 그러자 외삼촌은 만석이를 털썩 내려놓고 눈동자를 무섭게 굴렸다.

"만석아, 시방 뭐라 그랬냐?"

"으허엉! 외숙모 돌아가셨어. 영천제에 몸을 던져 부렀다고!"

만석이를 말릴 새도 없었다. 송애는 눈을 질끈 감아 버렸다.

"송애야, 이것이 뭔 소리다냐?"

"……."

"뭔 소리냐고! 말을 해 보랑께!"

외삼촌은 송애 어깨를 부여잡고 소리쳤다. 송애는 바르르 떨리는 입술을 꾹 깨물었다. 외숙모를 지켜 주지 못한 외삼촌이 원망스러울 뿐이었다.

어머니가 돌아오고 마침내 모든 사실을 알게 된 외삼촌은 눈이 뒤집히고 말았다. 한참 동안 짐승처럼 울부짖던 외삼촌은 낫을 두 자루 찾아냈다. 그러고는 밖으로 뛰쳐나갔다.

"안 된다 상길아! 송애야, 얼른 외삼촌 붙잡어라잉."

외삼촌을 급히 쫓아가던 어머니가 돌부리에 걸려 넘어졌다.

송애는 어머니 대신 외삼촌을 쫓아갔다.

"상길이 아니여? 산에서 도망쳐 왔는갑만."

"손에 든 것이 뭣이당가? 낫 아니여?"

"아이고, 지서장 털끝 하나 못 건드리고 자기가 먼저 죽을 것인디……."

"쯧쯧, 눈에 뵈는 것이 있겄어?"

그간의 사정을 아는 사람들이 혀를 차며 안타까워했다.

온 힘을 다해 외삼촌을 쫓아갔지만, 발 빠른 외삼촌을 따라잡을 수 없었다. 거친 숨을 몰아쉬며 지서 앞에 도착했다. 청년단 두 명이 출입구 앞을 왔다 갔다 하고 있었다. 둘은 무료하다는 듯 번갈아 하품했다. 외삼촌이 지서로 들이닥쳤다면 저렇게 한가롭지 않을 텐데, 외삼촌이 보이지 않으니 더 불안했다.

그때 등 뒤에서 누군가 어깨를 툭툭 건드렸다. 소스라쳐 돌아보니 용미 언니가 헤벌쭉 웃고 있었다.

"요, 용미 언니."

"여그서 뭐 해? 숨바꼭질하냐?"

"응? 아니, 그게 아니라……."

송애는 이러지도 저러지도 못한 채 얼굴을 일그러뜨렸다.

"혼자 하믄 뭔 재미여. 여럿이 같이 해야제."

용미는 송애의 손을 와락 끌었다. 이 와중에 갑자기 숨바꼭질이라니, 끌려가다시피 용미를 따라가면서도 송애는 사방을 두리번거렸다. 외삼촌이 어디에 숨어 기회를 노리고 있는지 알 수가 없었다.

"언니, 잠깐만."

"잉? 울 엄니랑 아버지, 어디 숨었는지 알아?"

"어, 언니……."

"빨갱이 때문이제? 빨갱이 때문에 꼭꼭 숨어 안 나오는 것이제?"

용미는 느닷없이 눈을 부릅뜨며 화를 냈다. 송애는 그제야 용미가 제정신이 아니라는 걸 알아차렸다.

'그래, 이게 다 빨갱이 때문이여. 빨갱이가 언니 부모님을 죽여서, 빨갱이가 우리 아버지한테 짐을 옮겨 달라고 해서, 빨갱이가 외삼촌을 잡아가서…….'

송애는 그대로 주저앉아 목 놓아 울고 싶었다. 정말로 빨갱이만 아니었다면 아버지도 외숙모도 강 부자 부부도 살아 있을 것이다. 야무지고 총명했던 용미 언니도 이렇게 정신을 놓지는 않았을 것이다.

"여기다, 우리 집."

용미는 아이처럼 통통통 뛰어 골목 끝 대문 앞에 섰다. 지서 오른쪽 골목으로 꺾어 돌아 위치한 집이었다.

"히히. 용실아!"

대문을 열고 들어선 용미가 갑자기 우뚝 멈춰 섰다. 뒤따라 들어선 송애도 깜짝 놀라고 말았다. 외삼촌 손에 입이 틀어 막힌 채 용실이 끌려 나오고 있었다. 송애를 본 용실의 눈이 커다래졌다.

"안 돼요, 외삼촌. 이러믄 안 된당께요."

송애는 고개를 저으며 외삼촌에게 다가갔다.

"비켜라. 그놈 죽이고 나도 죽을란다."

"저도 마음으로는 이미 수백 번도 더 죽였어요."

외삼촌의 눈동자가 흔들렸다. 용실의 눈동자도 이리저리 흔들렸다. 송애는 천천히 손을 뻗어 외삼촌이 들고 있는 낫을 잡았다.

"이런다고 외숙모 한을 풀 수 없어요. 외숙모도 이런 걸 바라지 않을 거란 거 외삼촌도 잘 알면서 그래요."

"흐으으윽……."

외삼촌은 금방 무릎을 꺾고 흐느꼈다. 몸이 풀린 용실이 털썩 주저앉았다.

"빨갱이다! 빨갱이다!"

용미가 느닷없이 팔짝팔짝 뛰며 소리를 질렀다. 얼마 뒤 골목 아래에서 타다닥, 발소리가 들려왔다.

"외삼촌, 얼른 산으로 돌아가세요. 인자 어쩔 수 없어요."

"으흐윽."

"빨리요, 빨리."

송애는 대문 쪽을 돌아보며 재촉했다.

"미안하다, 송애야. 어떻게든 잘살고 있어야 한다."

외삼촌은 울먹이며 낫을 주워 들고는 재빨리 담을 넘었다. 외삼촌의 복수극은 그렇게 힘없이 끝나고 말았다.

"무슨 일이냐?"

지서 앞을 지키던 청년단이 마당으로 뛰어 들어와 두리번거렸다. 어째서인지 용실은 말없이 입을 꾹 다물었다. 용미가 다람쥐처럼 마루로 올라가 대청 기둥에 얼굴을 묻었다.

"꼭꼭 숨어라!"

"또 숨바꼭질이여? 에잇 참, 한두 번도 아니고."

용미의 종잡을 수 없는 행동에 청년단은 얼굴을 찌푸리며 그냥 돌아갔다. 긴장이 풀린 송애는 그대로 주저앉았다.

"느그 외삼촌이 빨갱이냐?"

큰아버지와 큰어머니 목숨을 앗아 간 야산대 사람들이 떠올랐을까. 송애를 노려보는 용실의 눈에 증오가 가득했다. 이 순간 마구 분노를 터트리고 싶은 건 송애도 마찬가지였다.

"세상 참말로 얄궂다. 너를 이렇게 다시 만나고 싶진 않았는디."

"말 돌리지 말고 대답해!"

"빨갱이가 아니라 외삼촌이여. 순하디순한 우리 외삼촌."

송애는 허탈하게 웃었다. 웃는데도 눈물이 차올랐다.

"왜 우리 아빠를 죽이려고 하는디? 빨갱이가 아니람서 왜 산으

125

로 도망치냐고!"

용실은 얼굴이 빨개지도록 악다구니를 썼다.

"나도 모르겠어. 산사람들한테 잡혀간 죄 밖에 없는디, 영천제에 몸을 던진 외숙모를 지키지 못한 죄밖에 없는디……."

눈물이 볼을 타고 뚝뚝 떨어졌다. 외숙모를 묻던 날 다 쏟아내지 못했던 울음이 끅끅 올라왔다.

"그 아주머니가, 느그 외숙모였어?"

용실도 얼굴을 일그러뜨리면서 끝내 눈물을 쏟았다. 어쩌면 외숙모는 자신을 괴롭힌 지서장의 딸에게도 따뜻한 사람이었을 것이다. 송애는 어린아이처럼 발을 뻗대며 우는 용실을 내버려둔 채 터벅터벅 집으로 돌아왔다.

◇◇◇

통곡의
소릿길

◇◇◇

한 달 만에 활성산에 오른 강수는 사방을 휘둘러보았다. 그새
잡풀이 우거져 안양댁을 묻었던 자리를 찾기 힘들었다. 정신없
이 풀을 헤쳤다. 머릿속에서 땀이 송송 솟았다.

'쬐깐하게라도 봉분을 만들었어야 했는디…….'

외숙모의 죽음에 소리 죽여 울던 송애를 생각하니 코끝이 찡
해졌다.

"나 여기 있다."

그 순간 누군가의 목소리가 귀를 스쳤다. 깜짝 놀라 두리번거
렸다. 바로 앞에 작은 풀꽃 한 무더기가 하늘하늘 흔들렸다. 강
수는 허리를 숙였다. 너무 작아 잘 보이지 않는 연한 하늘색 꽃

마리였다. 마치 안양댁이 손을 흔드는 것 같았다. 강수는 허리를 펴고 주변에 서 있는 나무들을 살폈다. 번개를 맞아 가지가 찢긴 소나무가 보였다. 땅을 팔 때 봐두었던 그 소나무였다. 강수는 소나무에서 꽃마리가 피어 있는 곳까지 걸음 수를 세어 보았다. 큰 걸음으로 얼추 열네 걸음이었다.

"오메, 맞네. 여그가 맞어."

소나무로부터 동남쪽으로 열다섯 걸음. 그날 강수가 땅을 팠던 그 자리였다. 바닥이 고르지 않은 산에서 한 걸음 정도의 오차는 생길 수 있으니, 꽃 무더기 아래 안양댁이 누워 있는 게 틀림없었다.

안양댁을 처음 봤을 때 강수는 어머니보다 더 고운 사람이 있다는 것에 놀랐다. 어머니도 무당이 되지 않았더라면 안양댁처럼 사랑받으며 평범하게 살 수 있었을 것이었다. 강수는 안양댁을 보고 어머니가 무당인 것이 더 슬퍼졌다. 그 고운 맵시로 작두날 위에서 신들린 춤을 추지 않으면 살을 베는 것보다 더한 고통을 겪게 되는 무당인 것이 아팠다. 어쩌다 망나니 같은 새아버지와 인연을 맺었지만, 어머니를 탐하려 드는 짐승 같은 눈길들이 있었다. 그런데도 어머니가 자신을 지킬 수 있는 건 신령님을 모시는 무당이기 때문이었다.

그런데 안양댁은 자신을 지켜 주는 신령님도, 남편도 곁에 없었다. 송애의 외삼촌이 산사람이 되었다는 소식을 듣고 강수가 못내 불안했던 일이 벌어지고 만 것이었다.

실제로 청년단장은 치안을 위해 순찰을 돈다는 명목으로 입산 자의 아내가 사는 집을 제집처럼 드나들곤 했다. 이웃 마을에서는 밤마다 청년단장이 드나드는 것을 견디다 못해 목을 매 죽은 젊은 여자도 있었다. 어쩌면 안양댁의 죽음은 지서장이 안양댁을 지서로 부른 첫날에 예견된 일인지도 몰랐다.

"이라고 고운 꽃으로 환생하셨는게라."

강수는 안양댁의 넋이 가녀린 꽃마리로 피어났다고 믿었다. 억울하게 죽은 자신을 잊지 말아 달라고, 자신이 묻힌 자리를 수줍게 알려 주는 것이라고 믿었다.

들고 온 작은 비목을 꽂고 돌로 두드려 박았다. 비목에는 어려운 한문이 쓰여 있었다. 안양댁의 안타까운 죽음을 전해 들은 봉강 선생님이 써 준 비문이었다. 아쉬운 대로 이렇게 표시해 두면 좋은 날이 왔을 때 제대로 된 봉분을 만들 수 있을 것이었다.

'세상일은 다 잊고 편히 쉬셔라우.'

강수는 절을 두 번 올렸다. 머리에서 솟아난 땀이 관자놀이를 타고 목으로 흘러내렸다. 그렇게 여름이 시작되고 있었다.

마을로 내려오니 사람들이 당산나무 그늘에 둘러앉아 쉬고 있었다. 강수도 나무 그늘 안으로 들어가 손부채질을 하며 땀을 식혔다. 나무 위에서 애매미가 신나게 가락을 타며 울어 대는 소리가 제법 시원했다.

"내가 아까 거북정을 지나다가 정씨 문중 사람들이 하는 소리를 들었당께로."

"참말로 난리가 났으믄 시방 이라고 조용헐 수가 있간디? 자네가 잘못 들은 것이제."

"내 귓구녕이 자네 거시기맹키로 쎈찮은 줄 안가? 자네가 밤마동 마누라 속곳 들춤서 애쓰는 소리까정 다 들린단 말이시."

"인자 봉께 영판 숭헌 사람이네잉! 낮말은 새가 듣고 밤말은 쥐새끼가 든는다등만, 그 쥐새끼가 여그 있었구먼?"

"아따, 실없는 소리들 그만허고 일어나 가세. 참말로 전쟁이 났으믄 좌우간 결판이 나지 않겠는가? 빌어묵을 시상, 오른쪽으로 엎어지믄 오른쪽, 왼쪽으로 엎어지믄 왼쪽 시상에서 사는 것 이제 어쩌겄어."

전쟁이 발발했다는 것을 알고서도 사람들은 별다른 동요 없이 일터로 흩어졌다. 혼란스러운 세상에 일찌감치 체념한 탓인지도 몰랐다.

지금까지 남북이 직접적인 충돌은 없었지만, 좌익과 우익의 틈바구니에서 사람들은 끊임없이 시달리며 목숨이 목숨 아닌 삶을 이어 오고 있었다. 그러니 진짜 전쟁이 터져도 사람들이 무감각한 것은 어쩌면 당연한 일인지도 몰랐다. 현실감이 느껴지지 않는 것은 강수 또한 마찬가지였다.

어쨌거나 학산이 그토록 우려하던 일이 터지고 만 것이었다. 전쟁은 몽양 여운형의 암살 뒤 남한만의 단독 정부가 들어섰을 때부터 이미 예견된 일이었다. 학산은 좌우가 대립을 멈추고 하나로 뜻을 모으지 않는다면 결국 전쟁으로 갈 수밖에 없다며 좌우로 나뉘어 싸우는 제자들을 설득했다.

지난달 제2대 국회 의원 선거에 무소속으로 출마한 봉강이 낙선한 일로 학산 선생님의 실망이 컸다는 걸 강수는 잘 알고 있었다. 몽양과 백범이 암살당하고 희망이 사라진 때에 봉강이 다시 한번 남북 통합의 대의를 위해 출마한 것에 대해 학산은 지지를 보냈다. 그런 데다 우려하던 전쟁까지 터지고 말았으니 선생님의 낙심이 얼마나 클지 짐작이 가고도 남았다.

제주 4·3 사건을 진압하라는 명령에 불복한 여수 주둔 국군 제14연대가 반란을 일으켜 보성까지 들어왔을 때, 봉강이 인민 위원장을 맡는다는 소문이 돌았다. 그가 위원장을 맡으면 우익에 대한 무분별한 복수를 막는 동시에 좌우를 불문하고 경거망동한 자들을 엄하게 다스릴 것이라는 믿음 때문이었다. 하지만 반란을 일으킨 봉기군들은 얼마 되지 않아 진압군에게 참패했고, 결국 산속으로 흩어져 야산대 투쟁을 이어 갔다. 위원장을 맡는다는 말만 돌았지 구체적으로 한 일이 없었음에도 봉강은 남로당 비밀당원이라는 의심을 받고 유치장에 수감되었다.

그 일을 빌미로 경찰은 봉강을 14연대 반란 사건의 부역자라 칭한 뒤 봉강을 찍은 사람을 색출해 총살할 것이라고 엄포를 놓았다. 그의 선거 운동원을 잡아 구타하는 일도 서슴지 않았다.

덕망 높은 사람으로 많은 이의 존경과 지지를 받았음에도 봉강의 낙선은 너무 당연한 일이었다.

이 땅에 전쟁이 나면 북한과 남한의 전쟁이 아니라 소련과 미국이 붙는 것이라고 했다. 서로가 원하는 남진 통일, 북진 통일을 하기 위해 김일성과 이승만은 각각 소련과 미국을 등에 업을 것이고 이 나라는 두 강대국의 충돌에 결국 쑥대밭이 될 거라는 것이었다.

강수는 가까이 계시는 봉강 선생님을 먼저 만나 뵙기로 하고 일어났다. 다른 사람들이야 굳이 피란 짐을 쌀 필요가 없겠지만, 송애의 어머니는 보도연맹원이니 아무래도 걱정이 되었다. 그 문제를 여쭙고 싶었다. 하지만 봉강 선생님은 이미 집을 비우고 없었다.

마음이 급해진 강수는 송애한테 달려갔다. 그러다 급히 어딘가로 가는 소리 선생님과 광주댁을 만났다.

"한참 찾았는디 어디 갔다 인자 오냐? 보름이 될지 한 달이 될지 모르겠응께 너는 어머니한테 가 있거라."

소리 선생님도 전쟁 소식을 들었노라며 잠시 몸을 피해 있어

134

야겠다고 말했다.

"송애 어머니한테도 얼른 몸을 피하시라 전해라. 그럴 형편이
안 되믄 당분간 지서 사람들을 꼭 피해 다녀야 쓴다고 하고."

"예. 근디 선생님은 왜……."

"나를 보도연맹원에서 빼 준다고 지서로 오라고 하는 말을 전
해 들었다. 내가 보도연맹원이 된 지도 몰랐는디, 그걸 또 없는
것으로 해 준다고 하는 것이 암만해도 이상허다."

강수는 청년단이 자신한테 맡긴 임무가 소리 선생님을 좌익으
로 만드는 것이라는 것을 나중에 알았다. 아무래도 도장을 찍는
것이 마음에 걸려 실행하지 않았던 것을 다행으로 생각하고 놀
란 가슴을 쓸어내렸다. 그런데 선생님이 보도연맹원이 되었다니
기가 찰 일이었다.

소리 선생님과 헤어진 강수는 서둘러 송애 집으로 갔다. 송애
어머니는 집에 없었다. 강수는 송애에게 조심하라 단단히 이른
뒤 무당굴로 가서 어머니와 사흘을 함께 보냈다. 언제부턴가 새
아버지 발길이 뜸해졌다더니 정말로 강수가 있는 동안 코빼기도
비치지 않았다.

"오늘은 선생님 댁으로 돌아갈라네."

원래 어머니의 기운에 영향을 잘 받는 탓이기도 했지만, 언제부턴가 무당굴에 있으면 꿈자리가 사나웠다. 그래서인지 강수는 무당굴 집보다 도강마을 소리 선생님 집이 편했다.

"가지 마라. 가지 마."

갑자기 어머니 입에서 주문 같은 말이 흘러나왔다. 아들에게 자신의 기운이 뻗치는 걸 염려해 하룻밤도 안 자고 돌아간대도 붙잡지 않던 어머니였다.

"가지 말아야 해."

어머니의 고개가, 어깨가, 몸 전체가 흔들렸다. 그것은 어머니의 말이 아니었다. 어머니와 한몸인 신의 말이었다. 강수는 두려움에 사로잡혔다. 그럴수록 돌아가야 한다고 생각했다.

"나 갈라네. 잘 있으소!"

강수는 뒤도 돌아보지 않고 집을 나왔다. 노을이 번질 무렵 소리 선생님 집에 도착하니 걸어 놓았던 사립문이 그대로였다. 강수는 집 안을 휙 둘러본 뒤 다시 문을 걸고 나왔다.

그때 청년단 두 명이 바삐 달려와 소리 선생님을 찾았다.

"급히 소리를 청하는 데가 있어서 가셨는디라."

"이 새끼가 어디서 새빨간 거짓말이여? 난리 통에 어떤 미친놈이 소리를 청해?"

"그렁께요. 난리통이라도 그런 미친 부자들이 있당께라."

'멋대로 보도연맹원으로 만들어 놓고 그 명단에서 빼 줄란다고 거짓말을 지껄이는 미친놈들도 있는디, 난리 통이라고 생일 쇠고 싶은 사람이 왜 없겠냐?'

강수는 속으로 그렇게 비아냥거렸다.

"예비 검속을 알고 벌써 튄 거 아니여?"

"쥐새끼같이 어디 숨었는지 모른께 일단 뒤져 보자고."

두 사람은 다짜고짜 사립문을 박차고 들어갔다. 그러고는 신발을 신은 채 마루로 올라서서 방문을 모두 열어젖혔다. 헛간과 변소의 똥 항아리까지 확인한 청년단은 씩씩거리며 돌아갔다.

"저것들이 뭔 짓을 할라고 저런가 모르겠네."

예비 검속이 무슨 말인지 알 수 없었지만 무언가 불길한 징조가 느껴지는 것만큼은 확실했다. 강수는 정신없이 송애 집을 향해 달렸다. 한시라도 빨리 송애 어머니를 피신시키는 것이 좋을 것 같았다. 하지만 송애는 벌써 지서에서 사람이 와서 어머니를 데려갔다며 눈물을 글썽였다.

"예비 검속을 한다고 사람들을 지서 창고에 가뒀어. 참말로 뭔 일이여."

송애는 강수를 보자마자 눈물을 글썽였다.

"예비 검속?"

"죄가 있는 사람을 미리 잡아둔다는 뜻이란디, 여태 가만있다가 전쟁이 난께 잡아가냐고."

"내가 지서에 가봐야겠다."

"소용없어. 가족들도 얼씬 못 하게 막드랑께. 만약 우리 어머니까지 어떻게 되면……."

송애는 올라오는 울음에 말을 잇지 못했다.

"내가 어떻게든 방법을 생각해 볼란께 너무 걱정 말어."

하지만 무슨 수로 간힌 사람들을 빼낼 수 있을지 막막하기만 했다. 강수는 숨을 깊이 들이마시며 봇재 쪽으로 고개를 돌렸다. 암담한 마음만큼이나 봇재 위 하늘도 우중충했다.

*

   강수는 새벽에 집을 나서 읍내에 계신 학산 선생님을 만났다. 송애 어머니가 창고에 갇혔다는 사실을 알게 된 선생님은 고개를 가로저었다.

   "전쟁 났다는 소식을 듣고 젤 먼저 보도연맹원들한테 피신하라고 일렀는디, 내가 여그 있는 통에 송애 어머니가 그리된 줄은 몰랐구나."

   우리 군인이 인민군들에게 밀리고 있어서 경찰이 곧 후퇴하게 될 거라고, 창고에 갇힌 보도연맹원들의 목숨을 장담할 수 없다고 했다.

   "그러믄 선생님도 위험한 거 아니어라? 선생님도 얼른 피하셔야제 뭣하고 계신다요?"

   "내 걱정은 말고 얼른 회천으로 돌아가거라. 나는 오직 조국 해방과 분단 극복을 통한 자주 국가 건설을 위해 애썼을 뿐이다. 내 안위에 대해서는 털끝만치도 걱정하지 않으니 어서 가거라."

   학산의 강한 신념은 흔들리지 않았다. 강수는 의연한 선생님을 뒤로하고 회천으로 돌아올 수밖에 없었다.

날이 어둑어둑해지기를 기다린 강수는 거북정 대문을 열고 들어섰다. 집에 남은 식솔들은 일찌감치 저녁을 먹었는지 안마당이 조용했다. 주위를 살피며 부엌으로 들어간 강수는 성냥갑을 들고나와 곳간으로 건너갔다. 곳간 문은 빗장만 헐겁게 걸려 있었다. 한때 삼천 석 부자였지만 항일 운동 자금을 대고, 학교 설립 기금을 내고, 노비들에게 땅을 나눠 준 터라 가세가 많이 기울었을 텐데도 이 댁은 여전히 누군가를 위해 곳간 문을 잠그지 않는 듯했다.

살그머니 빗장을 푼 강수는 안으로 들어가 성냥을 그었다. 성냥불이 꺼지기 전에 내부를 둘러봤지만 찾는 것이 얼른 보이지 않았다.

'석유를 불 때는 정제에 보관하든 않을 것인디…….'

그때 문이 삐그덕 열리면서 호롱불을 든 아주머니와 할머니가 들어왔다.

"누구요?"

부엌일을 해 주는 사람과 봉강 선생님의 어머니인 안주인 할머니였다. 강수는 무릎을 꿇고 엎드려 자신이 소리 선생님 집에서 잡일을 하는 아이라는 것을 순순히 밝혔다. 그러자 안주인 할머니는 굳었던 낯을 풀며 고개를 끄덕였다.

"소리 선생이 한동안 소리를 못 했다 들었는디, 이리 곤궁해진 줄 몰랐구나. 알았으믄 내 진작 쌀을 보내 주었을 것이다."

"아, 아닙니다요."

"쌀을 얻으러 온 것이 아니드냐? 그럼 무슨 일로 왔느냐?"

위엄이 느껴지면서도 따뜻한 목소리였다. 신분이 사라졌다고 하나 족보 있는 명문가들은 양반 버릇을 쉽게 버리지 못했다. 어쩌다 소리를 청해 들을지라도 소리꾼은 천하게 여기는 게 예사였다. 그런데 봉강 선생님은 달랐다. 구수하고 걸진 판소리를 귀히 여겼으며 소리를 청할 땐 깍듯했고 소리값 또한 후하게 쳐주었다. 그런 성품이 위에서부터 내려왔을 테니, 강수가 밤중에 거북정 대문을 겁 없이 열고 들어온 데는 그만한 믿음이 있었기 때문이었다.

하지만 아무리 의롭고 옳은 일에 몸을 사리지 않는 가문이라해도 열여섯 살 먹은 아이의 무모한 계획에 선뜻 동의하기란 쉽지 않을 것이다. 강수는 잠시 뜸을 들이다 미리 생각해 두었던 거짓말을 주절거렸다.

　"아이고, 주경야독한다니 장허구나. 어찌 됐든 배와야 쓴다. 그래도 난리 통에 밤늦도록 불을 밝히는 건 위험한 일인께 조심하그라."

　안주인 할머니는 아주머니를 시켜 석유 됫병 하나를 내어주었다.

　"오메, 이라고 됫병까지 안 주서도 되는디요."

　강수는 몇 번 손사래를 치다 못 이기는 척 넙죽 받았다. 그러잖아도 됫병 하나는 필요했다. 거짓말에 연기까지 보태려니 심장이 쿵쿵 도구질을 해댔다.

　"그 성냥갑도 가져가그라. 등잔 심지에 불을 붙일라믄 성냥도 필요할 것잉께."

　마음이 울컥해졌다. 안주인 할머니의 따뜻한 마음 때문에라도 거사를 반드시 성공시켜야 한다는 생각이 들었다.

*

　어머니가 지서 창고에 갇힌 지 벌써 닷새가 지나고 있었다. 창고에 몇 명이나 갇혔는지 알 수도 없었다. 꽉 막힌 창고에서 무더위를 견뎌 내고 있을 어머니를 생각하면 송애는 물 한 모금 마실 수 없었다.

　어른들 말에 따르면 대통령은 전쟁이 터지자마자 피란을 가 버렸다고 했다. 뒤늦게 피란을 떠나려던 서울 사람들은 한강 다리가 끊겨 발이 묶였고, 서울은 인민군이 점령했다고 했다. 산으로 들어간 사람들은 인민군의 든든한 지원군이 되겠지만 멋모르고 보도연맹원이 된 사람들은 좌익의 '좌' 자도 모르는 사람들이었다. 그런 사람들을 가둬 놓고 왜 보내 주지 않는 것인가. 정말로 어머니한테까지 무슨 일이 생긴다면……. 송애는 용실을 찾아가기로 마음먹었다.

　더 늦기 전에 지서로 달려갔다. 무슨 일인지 지서에 검은 연기가 솟아오르고 있었다. 경찰과 청년단들이 물동이를 들고 왔다 갔다 하며 정신이 없었다.

"어머니!"

송애는 사람들이 갇힌 창고 쪽으로 달려갔다. 경찰이 불을 끄는데 정신이 팔렸을 테니 어머니 안부라도 우선 확인할 수 있을 것 같았다. 바랐던 대로 창고를 지키고 있는 경찰은 보이지 않았다. 대신 누군가 창고 문에 매달려 낑낑대고 있었다. 강수였다.

강수는 노루발같이 생긴 쇠막대기로 창고 문에 달린 장석을 뽑느라 용을 써 댔다. 안에 갇힌 사람들도 문을 밀면서 힘을 보탰다. 장석에 박힌 못이 조금씩 빠지고 있었다.

"조금만 더, 조금만……."

입에 저절로 힘이 들어갔다. 경찰이 알아차리기 전에 빨리 열려야 할 텐디……. 속이 타들어 갔다. 지서는 불이 대충 잡혔는지 연기가 가늘어지고 있었다. 바람이라도 불면 불길이 커지련만, 감잎 한 장 흔들리지 않는 여름 날씨가 원망스러웠다.

덜커덩. 마침내 장석을 박은 못이 뽑히면서 창고 문이 열렸다. 악취와 함께 갇혀 있던 사람들이 쏟아져 나왔다. 얼른 봐도 서른 명은 되어 보였다.

"빨리, 빨리 도망가씨요."

강수가 목소리를 낮추며 사람들의 손을 잡아 일으켰다.

"어머니."

송애는 두리번거리며 어머니를 찾았다.

"저놈들 잡아라!"

뒤늦게 창고 문이 열린 것을 알게 된 경찰이 총을 쏘며 달려왔다.

"송애야, 빨리 도망쳐!"

강수가 소리쳤다.

"우리 어머니가 안 보여!"

송애는 보이지 않는 어머니를 찾으며 발을 굴렀다. 그때 경찰이 휘두른 개머리판에 어깨를 맞은 강수가 푹 고꾸라졌다. 몇 명은 총에 맞고, 사람들은 다시 창고에 갇혔다. 송애와 강수도 함께 갇혔다. 강수의 무모한 작전은 결국 실패로 끝났다.

다시 갇힌 사람들 속에 어머니는 없었다. 강수는 어머니가 무사히 도망가셨을 거라며 송애를 안심시켰다.

지서에 석유를 뿌려 불을 지른 건 강수였다. 창고에 갇힌 사람들을 탈출시키려면 경찰의 시선을 돌리는 방법밖에 없었다고 했다.

"어른들도 못 허는 일을 벌이고, 대낮에 간도 크다."

"참말로. 느그들까지 이렇게 갇혀서 어쩐다냐."

탈출하지 못하고 다시 붙잡혀 들어온 사람들이 힘없이 말했다.

"제가 학산 선생님을 뵙고 왔는디, 경찰이 곧 후퇴할 거라고 말씀하시드만요. 참말로 우리 선생님은 무당인 우리 엄니보다 더 앞을 잘 내다보신당께요. 틈을 엿볼라고 와서 본께 경찰이 참말로 도망갈 짐을 싸니라고 정신이 없드랑께요."

강수는 사람들을 보며 태연하게 웃었다. 그렇다고 방화를 시도한 강수를 못 봤다니 믿기지 않았다. 석유 됫병 하나로 경찰을 따돌린 강수가 그저 놀라울 뿐이었다. 창고가 지서에서 조금 떨어져 있다고는 해도 어쨌든 경찰이 지키고 있는 곳이었다. 애초에 시도도 못 하고 실패할 가능성이 너무 큰 일이었다. 그걸 모르지 않았을 강수가 혼자 이렇게 위험한 일에 덤벼들었다는 건 죽을 각오도 했다는 뜻이었다.

"송애야! 강수야!"

밖에서 반가운 목소리가 들렸다. 용실이었다.

"잉, 우리 여기 있다!"

강수가 문에 몸을 붙이고 대답했다. 문틈으로 용실이 보였다. 곧이어 탈탈거리는 자동차 소리도 들렸다.

"총소리가 들려서 뛰어나왔는디, 용미 언니가 느그들을 봤다고 해서……."

시끄러운 자동차 엔진 소리에 용실의 목소리가 묻혔다. 바쁜 발소리와 함께 긴 총을 찬 경찰들이 창고 문을 박차고 들어왔다. 놀란 사람들의 울음이 터져 나왔다. 강수가 송애 손을 꽉 잡았다. 조금 전까지만 해도 태연했던 강수가 떨고 있었다.

"너는 무조건 도망가야 된다잉."

강수가 조그맣게 말했다. 하지만 강수를 두고 어떻게 도망간다는 말인가. 한 발짝이라도 수상한 낌새를 보였다간 대번에 총알받이가 될 것이 뻔했다.

"오메, 살려 주씨요!"

"우리를 어디로 델꼬 간다요?"

"식구들이라도 만나게 해 주씨요!"

"입 닥쳐!"

경찰들은 울먹이는 사람들을 총으로 후려쳤다.

"아버지, 왜 이래요? 어쩔라고 이래요?"

용실이 팔짝팔짝 뛰며 소리치자 지서장은 용실을 억지로 지프차에 태웠다. 경찰은 창고에 갇혀 있던 사람들을 새끼줄로 묶기 시작했다.

"저 차에 타믄 죽으러 가는 것이여. 내가 틈을 만들랑께 너는 뒤도 돌아보지 말고 달려서 어디든 숨어라잉."

죽음을 각오한 강수가 빠르게 속닥였다. 목소리가 떨렸다.

"지금 아니믄 기회는 없응께 죽을힘을 다해 도망가 숨어야 써. 내말 알아들었제?"

송애가 말릴 새도 없이 몸을 날린 강수는 경찰을 들이받아 넘어뜨렸다.

"도망치씨요!"

강수의 외침과 동시에 사람들이 사방으로 내달렸다. 따다당! 총이 발사되기 시작했다. 사람들이 푹푹 쓰러졌다.

"송애야, 빨리!"

강수가 돌아보며 소리쳤지만 송애는 꼼짝할 수 없었다. 강수 뒤에서 경찰이 총을 겨누고 있었다.

땅! 따당! 송애는 귀를 막으며 주저앉았다. 한동안 총소리와 비명이 뒤섞였다. 빗방울이 튀듯 사방으로 피가 튀었다. 그렇게 무참한 살육이 끝나기까지는 채 몇 분이 걸리지 않았다.

"확인 사살해!"

경찰이 총으로 쓰러진 사람들을 들쑤시며 돌아다녔다. 조금이라도 신음 소리가 나는 곳에서는 여지없이 총이 발사되었다. 총소리가 들릴 때마다 송애는 자기가 맞은 것처럼 흠칫흠칫 몸을 떨었다. 그때 누군가의 발소리가 바로 앞에서 멈췄다. 총구가 정수리에 닿았다.

"송애야!"

용실이 울부짖으며 지프차에서 뛰쳐나왔다. 송애는 천천히 고개를 들었다. 경찰이 입술을 씰룩였다.

"안 돼요!"

용실이 송애를 향해 달려들자 지서장이 다급하게 경찰의 총신을 돌렸다. 용실은 절대 떨어지지 않을 것처럼 송애를 끌어안았다.

"뭣 하는 짓이야? 죽으려고 환장한 게냐?"

"왜요? 죽을 목숨 살 목숨이 따로 있어요?"

용실은 지서장을 올려다보며 울먹였다.

"강용실, 정신 차려! 저놈들은 빨갱이들이다. 네 큰아버지와 큰어머니를 죽인 빨갱이들이란 말이다!"

"이 사람들은 빨갱이가 아니에요. 강수도, 송애도 빨갱이가 아니라고요!"

용실이 지서장을 노려보며 소리쳤다. 얼굴이 붉으락푸르락해진 지서장은 용실의 뺨을 사정없이 후려쳤다.

"실성한 네 언니를 보고도 그런 말을 하는구나. 오냐, 철없는 너를 봐서 그년 하나는 살려 주마."

지서장은 송애를 꽉 끌어안고 있는 용실을 다시 차에 태웠다.

확인 사살이 모두 끝나자 아무렇게나 뒤엉킨 시신들은 트럭에 던져졌다. 축 늘어진 강수도 넝마처럼 함부로 던져졌다.

"한 명이 없습니다. 어떻게 할까요?"

"시간 없어! 그냥 출발해!"

지서장 말에 시신을 실은 트럭이 시동을 걸었다.

"다 어디로 숨어 부렸데? 숨바꼭질 한당가요? 꼭꼭 숨어라. 꼭꼭 숨어라."

창밖으로 얼굴을 불쑥 내민 용미가 말했다. 느닷없는 숨바꼭질 놀이에 지서장은 손바닥으로 마른 얼굴을 쓸어내렸다.

지서장이 차에 오르자 트럭과 지프차는 쫓기듯 어딘가로 쌩 달려갔다. 흙먼지가 피어올랐다. 송애는 죽은 듯 엎드린 채 뿌연 흙먼지를 바라보았다.

꼭꼭 숨어라, 꼭꼭 숨어라. 용미 언니의 목소리가 이명처럼 울렸다. 숨어 버린 사람들 얼굴이 하나씩 떠올랐다. 이 모든 일이 정말로 숨바꼭질이라면……. 산에 숨은 아버지와 외삼촌을 찾고, 영천제 억새밭에 숨은 외숙모를 찾아내고, 지서 창고에 숨은 강수와 어머니까지 모두 찾아내 숨바꼭질을 끝낼 수 있다면…….

"아야, 괜찮냐?"

저만치서 누군가 총 맞은 다리를 절뚝이며 다가왔다. 경찰의 총질을 피해 용케 숨은 사람이었다.

151

"오메 오메, 살아 있구나. 가자, 얼른 집에 가자."

강수는 실패한 것이 아니었다. 죽음의 창고에서 두 사람이나 살린 것이었다.

"아이고! 아이고오!"

동네로 들어서자마자 곡소리가 흘러나왔다. 천포 출장소에 갇혔다던 복래 아재가 거적에 덮인 채 누워 있었다.

아들을 군청에 취직시켜 준다는 말에 복래 아재는 보도연맹원이 되었고, 나중에는 보도연맹원 모집책이 되어 적극적으로 활동했다. 그리고 예비 검속이 있던 날 보도연맹원들에게 회천 지서로 모이라고 전한 뒤 자기도 나간 것이었다.

"회천 지서에 사람이 꽉 차서 천포 출장소에 갇혔답디다."

"죽으러 가는 길인 줄 본인도 몰랐는갑네. 쯧쯧."

"천포, 회천에서만 사람들을 죽인 것이 아니라 원봉리랑 대야리에서도 죽였다더랑께요."

회천 지서에서의 일에 대해서도 사람들은 이미 알고 있었다. 경찰은 보도연맹원들을 예비 검속으로 묶어 두고 후퇴와 동시에 대학살을 자행한 것이었다.

"이러다 온 천지가 피로 물들겄소예."

그 순간 송애는 잊고 있었던 꿈이 생각났다. 회천 하늘을 붉게 물들였던 수많은 불덩이. 꿈속에서 봤던 그 많은 혼불이 보도연맹원의 넋이었을까?

어쩌면 집에 돌아와 있을지도 모른다고 생각했던 어머니는 집에서도 보이지 않았다. 경찰이 찾으러 올까 봐 숨어 계신 것인가. 하지만 애써 붙잡고 있던 마지막 희망은 반나절도 지나지 않아 금방 사라지고 말았다.

"얼마 전에 보성 경찰서로 세 사람이 이송됐는디, 느그 엄니도 그 속에 끼어서 갔어야."

회천 지서에 갇혔지만, 경찰이 내보내 줘서 운 좋게 돌아온 마을 아재의 말이었다. 면 지서에서 읍내 경찰서로 이송된 사람은 특별 관리 대상이라고 했다.

"하다 하다 느그 엄니가 회천면 좌익 선봉장이 돼부렀는갑다. 참말로 기맥힌 시상이여."

좌익과 전혀 무관한 사람이 보도연맹원이 되기도 했으니 송애 어머니가 특별 관리 대상이 되는 건 이상할 일도 아니었다.

"울 어머니, 인민군이 오믄 상 받겠네. 얼렁 오소. 아흐흐흐. 흐흐흐."

웃음인지 울음인지 모를 소리가 송애 입에서 새어 나왔다.

*

봇재 쪽에서 희미한 총소리가 들려왔다. 여기저기서 들려오는 소식은 암울했다. 보도연맹원 가족들은 무작정 봇재로 달려갔다. 송애도 반쯤 넋이 나간 채 봇재를 향해 걸었다.

봇재 골짜기를 정신없이 헤매고 있을 때였다. 둘둘 말린 멍석을 지게에 진 남자가 비탈길을 내려오고 있었다. 그 뒤를 한 아주머니가 따르고 있었다.

송애는 그 자리에 우뚝 멈춰 섰다. 멍석 끝에 깡마른 맨발이 쑥 나와 있었다. 아주머니도 걸음을 멈추고 송애를 바라봤다.

"어린 것이 누구를 찾아서 혼자 올라왔을꼬. 찾는 사람이 있어도 환장할 일이고, 없어도 환장할 일이다."

아주머니의 혼잣말에 애달픈 곡조가 실렸다.

송애는 어머니를 찾고 싶지 않았다. 찾지 않으면 어머니가 어딘가에서 살아 있을 것만 같았다.

아주머니 모습이 골짜기를 돌아 사라질 무렵, 사람들의 곡소리가 들려왔다. 멀지 않은 곳이었다. 이대로 도망쳐 버리고 싶었다.

"아야, 너는 송애가 아니냐?"

귀에 익은 목소리에 고개를 돌렸다. 회령에 살 때 가까이 지냈던 이웃 낙안댁이었다.

"시상에, 너를 이런 데서 만나는구나."

"어, 어머니가……."

송애는 목이 메어서 말이 나오지 않았다.

"아버지가 그렇게 가신 것도 억울한디 엄니를 보도연맹원으로 맨들었는갑네. 그란디 외삼촌은 어쩌고 너 혼자 올라온 것이여?"

낙안댁은 울먹이는 송애를 다독이며 물었다.

"외삼촌은 산사람들한테 잡혀가고 외숙모는 돌아가셨어요."

송애 말에 낙안댁은 기가 막힌 듯 입을 다물지 못했다.

"공부밖에 모르는 내 아들 영길이가 보성 경찰서에 갇힐 줄 어

찌 알았겄냐. 여그 봇제에서 변을 당한 사람 중에 보성 경찰서에
갇힌 사람이 있더란 말을 들었다. 그 말에 혼이 빠져서 달려왔는
디, 암만 찾아봐도 우리 영길이가 없어."

눈물로 얼룩진 낙안댁 눈에서 다시 눈물이 쏟아졌다.

송애랑 동갑인 영길은 읍내에서 중학교에 다니고 있었다. 중
학생인 영길이 어쩌다 보도연맹원이 되었는지 묻지 않아도 알
것 같았다. 할당된 머릿수를 채우느라 어린 학생 가릴 것 없이
보도연맹원으로 만들었다는 소문을 송애도 들었던 터였다.

"어머니도 보성 경찰서로 이송됐다고 했어요."

"그래서 너도 여기를 헤매고 댕기는구나. 이 더위에 시신이라
도 빨리 찾아 묻어 줘야 쓸 것인디, 아이고 영길아!"

낙안댁은 아들을 부르며 가슴을 쥐어뜯었다.

"베락 맞어 죽을 놈들아! 천벌을 받을 놈들아!"

"도망칠라믄 그냥 도망치제 뭣 땜시 죄 없는 사람들을 몽땅 죽
이고 간 것이여!"

"낫 놓고 기역 자도 모르는 농사꾼이 무슨 빨갱이 짓을 했다
고. 으흐흑!"

어렵사리 가족을 찾은 사람들이 시신을 끌어안고 통곡했다.

골짜기에는 바람 한 점 일지 않았다. 파리 떼들이 윙윙거리며 가족을 찾지 못한 시신에 시커멓게 달라붙었다. 시신들은 고약한 시취를 풍기며 빠른 속도로 부패해 갔다.

"그만 내려가자. 혹여 엄니 찾으믄 내가 잘 묻어 줄랑께 너는 이러고 다니지 말아라."

낙안댁이 송애 등을 떠밀었다.

"엄니도 외삼촌도 없는디 동상 델꼬 회령으로 돌아오니라. 니 손끝이 야무진께 살다 보믄 살아지지 않겠냐?"

이 세상에 만석이와 단둘이 남는다는 생각은 해 본 적이 없었다. 송애는 마음을 써 주는 낙안댁이 고마워 고개만 끄덕였다.

학산 선생님 소식이 들려왔다. 학산은 미력면 예재 고갯길에서 철삿줄에 묶인 주검으로 발견되었다. 몸에는 날카로운 칼에 찔린 듯 깊은 상처가 여러 곳에 나 있었고, 총탄이 세 발이나 박혀 있었다. 입은 양쪽으로 귀밑까지 찢어지고 이도 모두 부서져 있었다고 했다.

학산의 시신이 던져진 곳에는 수많은 주검이 아무렇게나 널브러져 있었다고 했다. 살이 찢어지고 눈이 터진 사람, 입에 말뚝이 박힌 사람, 죽창으로 마구 쑤셔진 사람……. 차마 제정신으로 볼 수 없을 정도였다고 했다.

혹시 모르니 몸을 피하라는 제자들과 봉강의 말에도 학산은 꼼짝도 하지 않았다고 했다. 좌우 어느 한쪽에 치우치지 않고 오직 조국의 해방과 분단 극복을 위해 힘쓴 자기 삶에 강한 믿음을 갖고 있었기 때문이었다. 경찰서장의 부름에 스스로 경찰서를 찾아간 학산을 경찰은 그렇게 잔인하게 세상에서 지워 버렸다.

송애는 설핏 잠이 들어 꿈을 꿀 때마다 강수와 어머니의 시신을 찾아 헤맸다. 어디로 꼭꼭 숨어 버렸는지 두 사람은 꿈속에서도 찾을 수 없었다. 널브러진 시신들이 일어나 송애에게 매달려 밥을 달라고, 새 옷을 달라고 부르짖었다. 송애는 어머니와 강수를 찾는 것도 잊어버리고 그들에게 쫓겨 도망쳤다. 죽은 자들의 땀과 눈물과 피, 짓물러 녹아내린 살들이 계곡을 타고 흘러내려 온 천지를 물들였다. 몸부림치다 깨어나면 시취가 느껴졌다. 아무리 세수를 해도 시취가 지워지지 않았다.

인민군에 의해 광주가 함락되고, 군경이 후퇴한 보성에 북한 인민군들이 들어왔다. 전쟁이 난 지 한 달만의 일이었다. 경찰이 후퇴하고 없으니 숨어서 활동하고 있던 회천면 좌익들이 속속 얼굴을 내밀고 나왔다. 그들은 인민 위원회를 설치하고 봉강 선생님을 인민 위원장으로 추대했다.

봉강 선생님은 경찰에 의해 가족을 잃은 사람들이 보복 행위할 것을 걱정하며 인민 위원회가 덕을 베풀어야 한다고 강조했다. 자신이 위원장으로 있는 한 어떤 보복이나 살상을 용서하지 않겠다는 말에 보도연맹원 가족들은 아무 말도 하지 못했다.

인민 위원회는 전쟁 후 문을 닫은 학교를 인민학교로 바꾸어 학생들을 가르쳤다. 만석이도 인민학교에 나가 한글을 배웠다. 그리고 인민학교에 갔다 올 때마다 김일성 찬가를 불러 댔다.

"장군은 가리울 수 없는 우리의 빛, 장군은 감출 수 없는 우리의 태양!"

"그 노래 말고 다른 노래 하믄 안 되겠냐."

송애는 노래를 듣자마자 얼굴을 찌푸렸다. 그렇지 않아도 날마다 골목에서 들려오는 노랫소리가 귀에 거슬리던 터였다.

"왜 그래? 악질 반동분자같이."

만석이가 송애를 노려보며 쏘아붙였다. 기가 막혀 말이 나오
지 않았다.

"누나는 언제까지 넋 빼고 앉아만 있을 거여? 아버지랑 어머니
가 누구 때문에 돌아가셨는디!"

"뭐? 누가 그러든? 어머니가 돌아가셨다고 누가 그러드냐고!"

"경찰이 사람들을 다 죽이고 도망갔는디 그걸 몰라? 나도 안당
께!"

만석이 눈빛은 전에 없이 매서웠다.

"아니여, 만석아. 어머니는 우리만 남겨 놓고 돌아가실 사람이
아니여."

"그라믄 왜 안 와? 외삼촌도 왔는디, 우리만 남겨 놓고 어머니
는 왜 안 오냐고!"

만석이는 악을 써 대며 송애의 가슴팍을 쳤다. 송애는 만석이
의 여린 주먹을 그대로 받아 내며 눈물을 삼켰다.

"긍께, 왜 안 오까. 오다가 길을 잃었으까."

만석이가 달라진 건 외삼촌이 인민군이 되어 돌아온 뒤부터
였다. 하지만 송애는 인민군 옷을 입은 외삼촌이 낯설고 싫었다.

송애가 기억하는 외삼촌은 외숙모를 위해 풀꽃을 꺾어 와 조용히 부뚜막 위에 올려두던 사람이었다.

봉강 선생님이 덕을 베풀라고 강조했지만 우려하던 일이 벌어지고 말았다. 청년단 단장 집에 누군가 불을 지른 것이다. 청년단 단장은 이미 도망치고 난 뒤였지만, 마을 사람들은 불타고 있는 집을 구경만 할 뿐 누구도 불을 끄려 하지 않았다. 그가 한 짓에 대한 분풀이를 누군가 대신해 주었다고 생각했기 때문이다.

이웃 면에서는 좌익 청년 치안대가 인민재판을 통해 우익 청년단장을 죽였다는 소문이 들려왔다. 또 다른 면에서는 청년단 활동을 한 사람이 누군가에 의해 죽창에 눈을 찔린 채 죽었다고 했다.

회천면 사람들은 봉강 선생님 모르게 분풀이했다. 부자라는 이유로, 경찰과 친척이라는 이유로, 청년단과 어울려 다녔다는 이유로, 누군가의 집에 불이 났고 누군가는 자다가 칼에 찔렸다. 손바닥 뒤집듯 뒤집힌 세상은 그렇게 무도한 복수극을 벌이고 있었다.

그동안 숨죽이며 살아왔던 입산자 가족들은 당당히 얼굴을 들었다. 부모 형제를 잃은 보도연맹원 가족들도 인민 위원회 일에 팔을 걷어붙이고 도왔다. 그러니 송애도 한풀이하듯 반동 세력 처단에 힘을 보태야 했다.

하지만 송애는 악에 치받친 세상에 넌더리가 났다. 아버지와 외숙모를 데려간 것도 모자라 강수와 학산 선생님을 끔찍하게 죽이고, 끝내 어머니마저 내놓지 않는 세상이 끔찍했다.

"내가 여섯 살만 더 먹었어믄 좋았겠어."

만석이가 발부리에 걸린 돌멩이를 툭 찼다.

"갑자기 왜?"

"나도 인민 의용군이 되고 싶은디 아직 어려서 안 된다고 한당께."

송애가 넋을 놓고 있는 사이 만석이는 그렇게 작은 가슴에 분노를 새기며 단단해지고 있었다.

*

전쟁이 터진 지 석 달이 되어 가고 있었다. 국제 연합군이 인천에 상륙했다는 소식과 함께 전세가 역전되었다는 소문이 돌았다. 그 소문을 뒷받침하듯 외삼촌은 인민군을 따라 다시 떠나 버렸다.

후퇴했던 경찰이 돌아왔다. 경찰은 인민군을 도운 부역자 중 적극 가담자를 추려 내 처형했다. 이번에는 좌익에게 자식과 남편을 잃은 가족들의 복수극이 시작되었다. 세상은 그렇게 또 한번 혼란의 도돌이표를 그리고 있었다.

외삼촌이 인민군이 되었다는 이유로 송애 또한 복수의 표적이 되었다. 그런 송애를 지켜 준 사람은 외삼촌의 친구 병삼 아재였다.

"아그들이 뭔 잘못이 있겄소? 부모도 없는 불쌍한 아그들을 이리 몰아붙이면 되것소?"

군복을 입은 채 부상당해 돌아온 병삼 아재 말에 누구도 토를 달지 못했다. 병삼 아재가 인민군을 수십 명 죽였다는 확인할 수 없는 소문까지 돌면서 청년단들도 슬슬 몸을 피했다.

전쟁 통에도 추석은 돌아왔다. 병삼 아재 덕분에 배를 곯지 않고 추석 아침을 보낸 송애는 빨래터로 나갔다. 외삼촌이 떠나고부터 시무룩하던 만석이는 요새 밤마다 오줌을 지렸다.

마을 아주머니들과 아랫집 언니가 먼저 나와 빨래하고 있었다. 나온 순서대로 맨 아래쪽에 자리를 잡고 막 앉았을 때였다. 어디서 난데없이 쌔애액, 하는 소리가 귀를 찢어 댔다.

방망이질하던 아주머니들이 귀를 막고 하늘을 쳐다봤다. 송애도 하늘을 올려다보았다. 잿빛 비행기 한 대가 영천제 위를 빙빙 돌고 있었다.

"쌕쌔기 아니여?"

"그 머시기, 유우엥군이 산속에 숨은 빨갱이들 몰아낼라고 왔는갑소!"

"참말로 고마운 사람들이시. 남의 나라까지 목숨 걸고 와서 돕는 것이 쉬운 일이 아닐 것인디."

아주머니들은 한마디씩 알은체를 하고는 다시 빨래를 주물렀다.

송애는 먼 산을 바라봤다. 어디에 숨어 있는지 모를 외삼촌이 걱정되었다.

슈우우웅! 빙빙 돌던 비행기가 마을을 향해 낮게 날아왔다. 다들 귀를 막은 채 머리 위를 지나는 비행기 꽁무니를 바라봤다.

콰광! 갑작스러운 굉음과 함께 땅이 흔들렸다. 높이 솟구쳐 오른 비행기는 영천제를 가로질러 율포 쪽으로 사라져 버렸다. 어느 집에선가 시커먼 연기가 피어올랐다.

"오메, 어짜꼬!"

"누구 집이당가?"

아주머니들이 벌떡 일어났다.

"아이고 엄니!"

아랫집 언니가 쥐고 있던 방망이를 집어던지고 내달렸다.

"만석이, 우리 만석이……."

다른 때 같으면 누나의 치맛자락을 붙잡고 따라왔을 만석이가 오늘은 따라오지 않았다. 송애는 실성한 사람처럼 만석이를 부르며 뛰었다. 다리에 힘이 풀려 자꾸만 넘어졌다. 무릎이 까진 줄도 모르고 집 앞에 다다르니 먼저 도착한 아랫집 언니가 고개를 저으며 막아섰다.

"안 돼야. 들어가지 말어."

"저리 비키소. 나는 우리 만석이 봐야 되네."

송애는 한사코 막는 아랫집 언니를 밀어내고 기어이 마당으로 들어섰다. 가운데가 풀썩 꺼진 채 타고 있는 집에 사람들이 물을 끼얹고 있었다. 그 안에 있는 만석이를 본 송애는 정신을 놓아 버렸다.

"송애야, 으짤라고 이러냐. 한 숟꾸락이라도 묵어야 쓴당께."

한동댁이 밥숟가락을 연신 갖다 댔지만, 꽉 닫힌 송애 입은 열릴 줄 몰랐다.

"가심에 얹힌 것이 내려가야 밥도 넘어가고 말문도 터지는 것이제."

"참말로 짠해서 못 보겄어라우."

한동댁은 어쩔 수 없다는 듯 숟가락을 놓았다.

"송애야, 우리는 들에 갔다 올란께 언제든 한술 꼭 떠야 쓴다 잉?"

병삼 아재는 송애 등을 두어 번 두드려 주고는 한동댁과 함께 밖으로 나갔다.

오갈 데 없어진 송애를 보듬어 준 건 병삼 아재와 그의 아내 한동댁이었다. 한동댁이 차려놓은 소반에는 꽁보리밥과 토란국, 무생채, 계란찜이 놓여 있었다.

작은 사발에 중탕으로 쪄낸 계란찜을 보니 울컥 목이 메었다. 계란찜을 배 터지게 먹어 보는 것이 소원이라 했던 만석이 때문이었다. 추석이라고 몇 가지 나물과 함께 음식을 갖다준 한동댁 덕분에 모처럼 배불리 먹을 수 있었는데 만석이는 밥상 앞에서 계란찜 타령을 했다.

"안 굶는 것만도 다행인 줄 몰라서 반찬 투정이여? 묵기 싫으믄 묵지 말어!"

겨우 아홉 살, 철들기엔 너무 어린 만석이었다. 하루하루 간신히 버티고 있던 송애는 그날따라 만석이의 투정이 버거웠다. 어린 동생을 따뜻하게 보듬지 못하고 퉁바리를 놓았던 입으로 도저히 밥을 넘길 수 없었다.

팔다리가 떨어져 나간 채 시커멓게 그을린 만석이의 시신을 보고만 송애는 커다란 불덩이를 삼킨 것처럼 속이 뜨거웠다. 말문이 막혀 버린 건 너무 당연한 일이었다.

"꼭꼭 숨어라. 꼭꼭 숨어라."

골목에서 귀에 익은 목소리가 들려왔다. 송애는 흠칫 놀라 밖으로 나갔다. 용미 언니가 울타리에 얼굴을 묻고 혼잣말을 하고 있었다.

"숨바꼭질한다고 날마다 이 동네 저 동네 돌아댕긴다네."

"험한 꼴을 많이 봐서 저리된 것이제."

지게를 진 어른들이 혀를 차며 지나갔다.

"히히, 송애다. 송애 찾았다!"

송애를 본 용미가 어린아이처럼 강중거렸다.

"인자 니가 열까지 세고 나 찾아라잉. 알았제?"

용미는 송애가 대답하든 말든 숨바꼭질을 시작하고는 골목을 올라갔다.

송애는 고무신을 꿰신고 쫓아갔다. 용미는 대밭을 돌아 외삼촌 집 마당으로 들어서고 있었다.

'용미 언니!'

터지지 않는 목으로 용미를 불렀다. 무너진 집 안으로 도저히 발을 들일 수 없었다.

"다 숨었다! 찾아라!"

용미의 천진한 목소리가 들려왔다. 송애는 가슴을 쥐어뜯으며 고개를 저었다. 이제 숨바꼭질 따위는 하고 싶지 않았다. 세상에 혼자 남아 술래가 되고 싶지 않았다.

'제발 숨지 마!'

송애는 그날의 흔적이 채 지워지지 않은 마당으로 한 걸음 한 걸음 내딛었다. 폭격에 무너진 바람벽 흙더미 뒤에 용미가 웅크린 채 고개를 수그리고 있었다.

"오메, 들켜 부렸네."

송애의 기척에 금세 고개를 든 용미가 배시시 웃었다. 송애는 만석이를 껴안듯 용미를 끌어안았다. 용미는 송애 품에 얌전히 안겨 노래를 불렀다.

용미를 지서 앞까지 데려다주고 돌아서는데 용실이 헐레벌떡 달려왔다. 용실은 용미를 보자마자 등짝을 찰싹 때렸다.

"내가 얼마나 찾아 댕겼다고! 나 몰래 숨지 말라고 했는가, 안 했는가?"

가슴을 쓸어내린 용실이 촉촉해진 눈을 깜박이며 송애를 바라봤다.

"우리 다시는 못 보는 줄 알았는디, 살아 있어서 고맙다."

송애는 고개를 끄덕이며 용실의 손을 잡았다.

*

송애는 용실과 함께 구불구불 산길을 올랐다. 어지러운 세상 일에는 아랑곳하지 않겠다는 듯 득음폭포는 하얀 물보라를 튕겨 내며 쏟아지고 있었다.

눈을 감고 폭포 소리에 귀를 열었다. 콸콸 물소리를 밀어내고 갑자기 총소리가 들렸다. 살려 주씨요! 으흐흐흑! 사람들의 비명 이 달려들었다. 송애는 두 손으로 귀를 막았다.

"으으……."

"왜 그래? 머리 아퍼?"

용실이 걱정스러운 얼굴로 송애를 바라봤다. 송애는 괜찮다고 고개를 저었다.

"우리 여그서 속 시원히 소리나 내지르고 가자."

용실은 숨을 크게 들이마시고 폭포를 향해 소리를 질렀다.

"아, 아아! 아아아!"

폭포는 용실의 소리를 비웃듯 콸콸콸 쏟아져 내렸다.

송애도 꽉 막힌 목을 열고 싶었다. 속에서 타고 있는 뜨거운 불덩어리를 그만 토해 내고 싶었다. 그때 어디선가 우렁우렁한 소리가 들려왔다.

심 황후 이 말 듣고 산호 주렴을 걷어차 버리고

버선발로 우르르르르르르

부친의 목을 안고 아이고 아버지!

심 봉사 깜짝 놀라 아버지라니

누가 날더러 아버지여! 누가 날더러 아버지여!

폭포 소리를 뚫고 또렷이 들려오는 소리, 심청가 중 심 봉사 눈 뜨는 대목이었다. 송애는 고개를 들어 폭포를 올려다보았다. 폭 포 위쪽 나무 뒤에서 스승님이 모습을 나타냈다.

나는 아들도 없고 딸도 없소

무남독녀 외딸 하나 물에 빠져 죽은 지가 우금 삼 년인데

누가 날더러 아버지여!

"으으……."

불덩어리가 창자를 태우고 심장을 녹이고 목구멍으로 올라왔
다. 가슴을 쥐어뜯고 목을 움켜잡았다.

"아, 아버…… 아버지."

"오메, 터진다! 송애 말문 터진다!"

용실이 팔짝팔짝 뛰었다.

"크게 내지르거라! 네 안에 있는 것들을 이 폭포에 다 토해 내
야 쓴다!"

스승님이 소리쳤다.

송애는 어깨를 들썩이며 끅끅 울음을 토해 냈다. 용실이 가만
가만 등을 쓸어 주었다.

"지금의 아픔을 딛고 서면 네 소리가 이 물소리를 삼킬 수 있
을 것이다."

어느새 송애 옆으로 다가온 스승님이 말했다.

"그간 목을 너무 오래 쉬었으니 마음 단단히 먹고 돌아와야 할 것이다."

스승님은 그 말을 남기고 산길을 내려갔다.

"송애야, 선생님 말 잘 들었제?"

용실이 말했지만 송애는 고개를 저었다.

'목을 잃어 부렀는디, 내 소리를 들어 줄 사랑하는 이들이 없는 디 어뜨케 소리를 할 수 있겠냐. 나는 인자 도랑물 소리도 이겨 낼 힘이 없어야. 저 물거품처럼 사라지고만 싶당께.'

울 엄니가 그랬어야.

너한테 느껴지는 기운이 신령님만큼 강하다고.

긍께 마음 약한 소리는 하지도 말어.

언젠가 이 자리에서 강수가 했던 말이었다. 송애는 고개를 들 고 두리번거렸다.

강수야, 니가 찾아왔구나.

숨지 말라고 함서 어째 니는 숨을라고 허냐.

숨바꼭질은 다 끝났응께 숨지 말고 나와야.

그래. 그래. 송애는 고개를 끄덕였다.

"송애야 왜 그래? 누가 보이냐?"

용실이 눈을 휘둥그레 뜨고 두리번거렸다.

송애 앞에 사람들이 하나둘 나타났다. 아버지와 어머니, 만석이, 외숙모, 학산 선생님, 그리고 용실의 큰아버지와 큰어머니도 나타났다. 차마 이 산골짜기를 떠나지 못한 영혼들이었다.

외숙모는 우리 송애가 하는 판소리가 듣고 싶은디, 언제나 들려줄 수 있을랑가?

예. 길쌈 배울라 안 하고 소리를 배울랑만요. 첨부터 다시 시작할랑만요.

송애는 다짐하듯 손을 모으고 고개를 숙였다.

그런 송애의 모습에 놀란 용실도 손을 모았다.

"천지신명님, 저는 의사가 될라고 하는구만요. 몸이 아픈 사람을 치료하는 의사도 좋겠지만 저는 마음이 아픈 사람들을 돕는 의사가 되고 싶단 말이어라. 그랑께 꼭 도와주시오."

송애는 용실의 기도를 들으며 허리를 조아렸다. 마음 따뜻한 의사가 된 용실의 모습이 그려졌다.

잠시 후 고개를 드니 폭포 위로 작은 무지개가 걸려 있었다.

"우리 약속하자. 니는 명창이 되고, 나는 의사가 되는 것이다."

용실이 새끼손가락을 내밀어 송애의 손가락에 걸었다.

"인자 내가 사랑하는 사람들한테도 맹세할란다. 저 용실이 지켜봐 주씨요, 할머니! 큰아버지! 으흐흑……."

용실은 죽산 할머니와 큰아버지를 부르다 말고 울음을 터트렸다.

마침내 송애도 뜨거운 불덩이를 하나씩 토해 냈다. 봇물 터지듯 터지는 송애와 용실의 통곡이 물소리에 섞여 흘러가기 시작했다.

◇◇◇

에필로그

◇◇◇

용실의 자동차는 광주 너릿재를 넘어 화순을 지나고, 사십여 분 만에 문덕면과 복내면을 지났다. 고등학교를 진학하면서 보성을 아주 떠났으니 삼십오 년 만의 보성행이었다. 복내면을 지나고 다시 이십 분 정도를 달려 보성 읍내에 들어섰다. 읍내에 들어서자마자 용실을 반긴 건 뜻밖의 플래카드 한 장이었다.

명창 선송애 귀국. 추석맞이 판소리 수궁가 완창 공연

장소 : 보성 민속국악원 야외마당

일시 : 10월 4일, 오후 1시

오늘이었다. 시간은 벌써 오후 3시를 넘어서고 있었다. 판소리 완창을 하려면 꽤 긴 시간이 필요하다고 알고 있었지만, 시작 시각으로부터 벌써 두 시간이 지났으니 아직 공연하고 있을지 장담할 수는 없었다.

보성을 떠나 광주에서 고등학교에 다니고 대학교를 서울로 진학한 용실은 오로지 의사가 되기 위해 과거를 잊고 살았다. 왜 의사가 되고 싶었는지조차 잊은 채 공부에 몰두했다. 원래 마음 먹었던 정신과 대신 외과에 지원해 남자 동기들을 제치고 제법 이른 나이에 교수 자리에 오를 수 있었던 것은 오직 앞만 보고 달려왔기 때문이었다.

송애가 명창이 되었다는 것을 알게 된 것은 십 년 전 미국 LA 에서 열린 학회에 참석했을 때였다. 송애의 판소리 공연 팸플릿 을 우연히 줍게 된 곳은 학회가 끝나고 들른 한인 식당이었다. 선송애 명창을 아느냐는 용실의 질문에 식당 주인은 LA에 거주 하고 있는 소리꾼이며, 이틀 전에 심청가 완창을 성황리에 끝냈 음을 전해 주었다. 팸플릿을 다시 보니 공연 날짜가 정말로 이틀 전이었다. 용실은 공연이 열린 장소에 전화를 걸어 송애의 연락

처를 알 수 있느냐고 물었지만, 개인정보를 아무에게나 알려 줄 수 없다며 거절당했다.

그 후 용실은 문득 생각이 날 때마다 판소리 공연 정보를 찾아 보곤 했다. 하지만 한국에서 송애의 공연 소식은 들려오지 않았다.

민속국악원이 어디쯤일까. 용실은 기어 변속기를 낮춰 속도를 줄이고 길가를 두리번거렸다. 그러다 횡단보도 앞에서 차를 세워 지나가는 사람에게 민속국악원의 위치를 물었다.

"워매, 판소리 들을라고 했으믄 진즉 왔어야제라우. 안즉 안 끝났는가 모르겠소. 아무튼 요 길로 쭉 가다보믄 오른짝에 군청이 있어라. 군청 지나서 또 쭉 가다보믄 다리가 나올 것인디 그 다리 지나서 왼짝으로 돌믄 국악원이 보일 것이요. 얼렁 가씨요, 얼렁."

친숙한 보성 사투리에 용실은 살짝 미소를 보이며 고개를 숙였다. 그러고는 공중 전화기를 찾아 아들이 머무는 막내 고모 댁에 전화를 걸었다. 송애의 판소리를 듣게 될지도 모른다는 설렘에 들뜬 용실은 다소 상기된 목소리로 늦는 이유를 말했다.

"고모도 기억하시죠? 할머니가 귀여워하셨던 내 친구 송애. 오늘 판소리 공연한다는 선송애가 제 친구 송애가 맞죠?"

"빨갱이 집안 딸년 공연이 그라고 궁금허냐? 몇십 년만에 고향에 왔으믄 할머니랑 큰아부지 산소부터 산소부터 들르든가, 그것도 아니믄 니 아들이 잘 있는가 얼렁 보러 와얄 것 아니여?"

생각지도 못한 고모의 반응에 용실은 정신이 멍해졌다. 치매로 정신을 놓기 전까지 술만 마시면 아버지가 지겹도록 되풀이했던 빨갱이 타령을 막내 고모 입에서 다시 듣게 될 줄 몰랐다. 용실은 알겠다고 하고 서둘러 전화를 끊었다.

한 달 전, 아들 세진을 남편 차에 태워 고모 댁에 혼자 보내 놓고도 한 번을 보러 오지 못했으니 싫은 소리를 하는 고모를 이해하지 못할 바는 아니었다. 하지만 외래 진료와 수술, 일주일에 두 번 있는 학부 수업까지 하루도 빠지지 않고 꽉 찬 스케줄이 용실을 정신없게 만들었다. 세진을 지키느라 한동안 병원을 쉬었던 까닭에 세진을 고모 댁에 보낸 이후로는 하루도 틈을 낼 수 없었다. 그런 데다 대입 학력고사를 앞둔 둘째마저 남자 친구에게 빠져 고지식한 남편의 심기를 건드려 대는 통에 마음 편할 날이 없었다.

외과 의사가 아닌 정신과 의사가 되었더라면 아이들을 잘 보듬는 엄마가 될 수 있었을까. 용실은 뜻대로 되지 않는 아이들과의 관계에서 벽을 느낄 때마다 과거에 품었던 꿈을 떠올리곤 했다.

첫째 세진은 수석으로 대학에 입학해 용실 부부에게 기쁨을 주었다. 세진은 남편처럼 변호사가 되겠다고 했으나 입학 후 얼마 되지 않아 심심찮게 데모를 하기 시작했다. 시국이 어수선하니 잠시 친구들 무리에 휩쓸린 것이려니 했다. 하지만 세진은 4·13 호헌 조치 이후 학생 운동에 적극적으로 가담하더니 급기야는 사복 경찰에 쫓겨 다니게 되었다. 병원 일에 치여 아들이 지명 수배자가 된 것도 모르고 있었던 용실은 처음으로 의사가 된 것을 후회했다.

남편의 고향 후배인 검사장에게 줄을 대 어렵사리 지명 수배를 풀었으나 진짜 문제는 그 이후에 일어났다. 몰래 집을 빠져나간 세진이 6월 범국민대회에 다시 나섰고, 같은 학교 학생 이한열이 경찰의 최루탄에 후두부를 맞아 쓰러진 것을 바로 옆에서 지켜본 것이었다. 간신히 집으로 돌아온 세진은 이불을 뒤집어쓴 채 무섭다며 부들부들 떨더니 방에 틀어박혀 나오지 않았다. 일종의 트라우마였다.

세진은 두려움에 도망친 자신을 증오하며 괴로워했다. 세진의 방에서 새어 나오는 소리는 두 가지였다. 나는 배신자야. 동지가 그렇게 된 것을 내버려두고 도망친 비겁자야! 형사님, 다시는 데모 같은 건 하지 않을 테니 제발 살려 주세요!

세진이 손목을 그어 자살을 시도한 건 세브란스병원으로 실려 간 이한열이 혼수 상태에 빠져 25일 만에 사망했다는 것을 뒤늦게 안 날 밤이었다. 그날은 이한열의 장례식이 치러진 날이기도 했다. 세진과 함께 데모를 했던 친구가 밤늦게 찾아와 문을 열어 준 것이 화근이었다. 다행히 대동맥을 다치지 않아 상처를 봉합하는 것으로 끝났지만 자살까지 시도한 세진을 내버려둘 순 없었다.

"당분간 보성 어머니 댁에서 지내게 해 보는 게 어떻겠어요? 어머니께 말씀드렸더니 적적하지 않아 좋겠다며 오케이 하셨어요."

세진을 제대로 치료받게 해야겠다고 마음먹었을 때 생각난 사람이 막내 고모의 아들인 사촌 동생 정우였다. 정우의 아내이자 막내 고모의 며느리가 정신과 의사였다. 올케는 전화 상담을 통해 세진의 상태를 체크했고 다행스럽게도 세진은 심신의 안정을 찾아가고 있었다.

세진의 걱정을 잠시 내려놓게 되자 치매로 요양 중이었던 아버지가 돌아가셨다. 아버지는 끝내 자신의 과오를 반성하지 않고 눈을 감았다. 용실은 그런 아버지를 고향 선산에 모시지 않고 화장해 영락공원에 안치했다. 고향에 묻히고 싶다던 아버지의 유지를 알면서도 받들지 않은 것은 용실이 아버지께 내린 나름의 벌이었다.

평생 증오했던 아버지의 죽음이었기에 슬프지 않았다. 용실은 슬픔 대신 전의를 상실한 군인처럼 무기력에 빠졌다. 마음 여린 세진이 학생 운동에 몸담게 된 것이 아버지 때문인 것 같았다. 동지의 죽음을 보고 충격에 빠진 것도, 자신의 나약함에 괴로워하다 자살을 시도한 것도 다 아버지 탓인 것만 같았다. 아버지의 업보를 아들 세진이 대신 치르는 것 같아 분노가 치밀었다. 하루에도 수십 번 감정이 오르락내리락했다.

전화를 끊고 다시 차로 돌아온 용실은 라디오를 크게 틀었다. 난데없이 눈물이 쏟아졌다. 무기력증과 함께 찾아온 감정 기복은 어쩌면 갱년기인지도 몰랐다. 아니 수십 년간 눌러 온 분노인지도 몰랐다. 정말로 정신과 상담을 받아야 할 사람은 정작 용실 자신인지도 몰랐다.

보성 민속국악원 야외마당은 신명 난 판소리와 사람들의 웃음소리로 떠들썩했다. 송애의 이름을 못 보고 왔더라면 알아들을 수 없었을 목소리였지만 용실은 그 소리가 기어이 득음의 경지에 이른 소리라는 걸 느낄 수 있었다.

토끼란 놈 듣고 기가 맥혀

토끼란 놈 듣고 기가 맥혀

네 이놈 별가 놈아 네 말이 모두 다 무식한 말이다

왕명이 지중하거든 네가 어찌 기망하랴

아나 옛다 배갈라라 아~나 옛다 배갈라라

똥밖에는 든 것 없다 아나 옛다 배갈라라

아나 옛다 배갈라

"어떻게 그냥 막 몰아붙일라다 막 퍼붓어 부렀더니 용왕이 그냥, 완전히 그냥 벌렁 넘어가 부렀제."

송애가 두 팔을 내벌리며 뒤로 나자빠지는 시늉을 하자 관객들이 웃음을 터트렸다.

용실은 혼신을 다해 소리를 하는 송애의 수궁가를 사람들 틈에서 더 듣고 있다가 조용히 야외 마당을 빠져나왔다. 재미난 소리보다 심청가나 춘향가같이 슬픈 소리가 좋다던 송애였다. 그런 송애가 수궁가를 재미지게 잘 풀어내고 있는 걸 보니 다행히 평안을 찾은 듯싶었다.

'할머니, 듣고 계세요? 할머니가 돌아가시면 들려 달라 했던 수궁가를 송애가 이제야 부르고 있어요. 수궁가 완창이 이리 길 줄은 몰랐네요. 그래서 송애가 수궁가를 부르기 힘들어했나 봐요.'

용실은 먼발치에서 한 번 더 송애를 돌아본 뒤 선산을 향해 자동차를 몰았다. 할머니와 큰아버지, 큰어머니를 만나 뵙고 아버지 유골을 곁에 모셔도 될지 여쭤 봐야 할 것 같았다. 어쩌면 죽는 날까지 아버지를 용서할 수는 없겠지만, 이제 스스로를 위해서 조금은 편안해져도 되겠다고 생각했다. 그런 뒤 송애를 만나도 되겠다고 생각했다.

작가의 말

　광주를 벗어나 화순, 사평을 지나 보성군 문덕면에 들어서면 서재필 기념 공원을 만나게 된다. 기념 공원이 있는 삼거리에서 보성읍 방향으로 구불구불한 시골길을 10분 정도 더 가다 보면 내 고향 마을이 나온다.

　어머니가 그곳에 살아 계실 때는 밤중에 그 길을 운전해 가야 할 일이 종종 있었다. 겁이 많은 나는 시골의 밤길이 무서워 액셀을 밟는 발에 힘을 주곤 했다. 친구로부터 전해 들은, '길 오른쪽 산에서 밤에 귀신들의 울음소리가 들린다더라'는 말이 자꾸 떠올라서였다.

　그 말이 터무니없는 소리가 아니란 걸 깨닫게 된 것은 보도연맹 학살 사건에 대한 자료 조사를 시작하고부터서였다. 친구가 말한 길 오른쪽 야산은, 한국 전쟁 때 보도연맹원이었거나 보도연맹원으로 내몰려 희생된 사람들이 매장된 장소 중 한 곳이었다.

보도연맹 학살 사건이 알려진 뒤 경산 코발트 광산, 김천 돌고개, 대전 골령골, 마산 여양리, 진주 용산고개 야산, 아산 동막골, 담양 대덕면 야산 등 여러 곳에서 희생된 사람들의 유해가 발굴되고 있다. 현재까지 공식적으로 발견된 사망자 시신 수는 약 5,000구지만 정부에서 인정한 공식 추산 사망자 수는 20~30만 명이다. 하지만 보도연맹 학살 유족회와 연구자들은 실제 사망자 수를 최대 120만 명까지 추산하고 있다고 한다. 그러니 아직 유해가 발굴되지 못한 원통한 넋들은 지금도 우리나라 곳곳 골짜기에서 피 울음을 울고 있지 않겠는가.

이 소설의 배경인 보성 지역에서만 해도 국민보도연맹 사건으로 희생된 인원은 최소 500명 이상으로 추정된다고 한다. 하지만 1기 진실화해위원회에서 신원이 확인된 수는 43명뿐이다. 한국 전쟁이 발발하기 전, 여순 사건 가담자들의 진압을 빌미로 군경에 의해 희생된 민간인 사망자들도 많다. 하루빨리 지자체들이 나서서 아직 발굴되지 못한 분들의 유해를 발굴해 위령제를 치르고, 유가족들의 비통함을 조금이나마 어루만져 주어야 하지 않을까.

자료 조사를 하면서 보도연맹 유가족들의 증언에 가슴 아파하고 분노하다가 사시나무 떨듯 온몸을 떤 적이 있었다. 바로 내 아버지의 숙부, 그러니까 할아버지의 동생을 자료에서 찾았기 때문이었다. 얼굴도 본 적 없는 작은할아버지의 이름을 내가 알 수 있었던 건 자료에 기록된 그의 본적지가 나의 본적지와 같아서였다.

당시 37세였던 그는 살기 위해 빨치산에게 협조했다는 이유로 15연대 군인들에 의해 살해되었다. 나는 곧바로 작은할아버지의 아들인 당숙 어른께 전화를 걸어 그때의 일을 여쭈었다. 당숙은 그때 겨우 일곱 살이었고, 당신의 아버지를 잃은 뒤 오랫동안 암울한 시절을 보냈노라고 말했다. 내가 정말 이 사건을 책으로 쓸 수 있을까? 몇 번이고 자신감을 잃었다가도 결국 써야겠다고 용기를 낼 수 있었던 것은 국가 폭력이 개인적으로 나와 무관한 일이 아님을 알게 된 이유 때문이 기도 하다.

2003년, 고 노무현 대통령은 과거 국가 권력의 잘못에 대해 제주 4·3 사건 유족과 제주도민들에게 공식적으로 사과했다. 2008년에는 보도연맹 사건을 '과거 정부의 공권력에 의한 불법적인 양민 학살 행위'로 인정하고 희생된 유가족들에게 위로와 사과의 뜻을 전하기도 했다.

진실·화해를 위한 과거사정리위원회는 2005년 12월부터 보도연맹 학살 사건에 대한 진실 규명을 시작해 민간인 집단 희생 사건에 대해 사실 관계를 확정하고, 국가 및 지방 자치 단체에 후속 조치를 권고해

왔다. 2020년 2기 진실화해위가 출범한 이후 4년간 국가의 사과 권고 건수는 100건이 넘는다고 한다. 하지만 국가의 사과는 아직 한 건도 이행되지 않았다.

진실화해위원회는 '항일 독립운동, 해외동포사, 한국 전쟁 전후 민간인 희생, 권위주의 통치 시에 일어났던 중대한 인권 침해, 적대 세력에 의한 희생 등을 조사하고 진실을 밝혀 이를 바탕으로 미래로 나아가기 위해 설립된 독립적인 조사 기관'이라고 그 출범 의의를 밝히고 있다.

그런데 2022년 말에 임명된 진실화해위원회의 위원장은 어떤 인물인가? 바로 '5·18 헬기 사격은 허위', '5·18 북한 개입'이라고 주장하는 등의 왜곡된 역사 인식을 가진 사람이다. 그는 스웨덴 한림원이 한강 작가에게 "역사적 트라우마를 직시하고 인간 삶의 연약함을 드러내는 강렬한 시적 산문을 선보였다"고 노벨문학상을 발표한 날에도 자신의 주장을 거두지 않았다. 이렇듯 친일·독재를 미화하고, 노무현 대통령의 제주 4·3 사건 사과에 대해 잘못했다 말하는 뉴라이트 역사관을 지닌 자가 어떻게 진실화해위원회의 수장일 수 있는가?

위원회장의 2년 임기는 곧 끝날 예정이니, 앞으로는 그 자리에 꼭 걸맞은 인물이 임명되어야 할 것이다. 선열들의 숭고한 헌신을 무너뜨리는 역사 퇴행은 그만 멈춰야 한다.

과거사 사건에 대한 정부의 무성의한 태도는 국가 폭력 피해자와 유가족들에게 또 다른 폭력이나 마찬가지다. 고 노무현 대통령이 사과문을 통해 말씀하셨듯, 과거 사건의 진상을 밝히고 억울한 희생자의 명예를 회복시키는 일은 비단 그 희생자와 유족만을 위한 일이 아니다. 반성을 통한 진정한 화해를 이루어 보다 밝은 미래로 함께 나아가자는 뜻이다.

　나는 원래 이 책의 첫 원고를 고학년 눈높이의 동화로 썼다. 한국 전쟁의 비극 뒤에 가려진 보다 참혹한 진실을 아이들에게 알리고, 국민의 생명과 인권을 보호하는 민주주의의 가치에 대해 생각해 볼 수 있기를 바라는 마음에서였다. 그런데 출판사 대표님의 현실적인 조언에 따라 결국 동화가 아닌 소설책으로 내놓게 되었다. 동화를 쓰는 이의 소설이라 서툰 점이 많다.

　자료 조사를 하면서 지금껏 가려져 있었던 교육자와 우국지사를 알게 되었다. 애초에 보도연맹 사건을 중심으로 이야기를 구상했기에 그분들의 활동을 전면으로 내세우지는 않았다. 널리 알려져 존경받아 마땅할 그분들 중 한 분은 국가 권력에 의해 무참히 살해되었고, 한 분은 마지막까지 비참한 삶을 살다 가셨다. 너무나 안타깝고 슬프다.